Gian Maria Calonder

Der Engadiner Dorfpolizist

Ein Fall für Jon Salutt

Roman

Kampa

Für den Blick hinter die Verlagskulissen:
www.kampaverlag.ch/newsletter

www.kampaverlag.ch
Umschlaggestaltung und Satz: Lara Flues, Kampa Verlag
Umschlagmotiv: © iStock / Alberto Masnovo
Gesetzt aus der Stempel Garamond LT / 240180
Druck und Bindung: Friedrich Pustet, Regensburg
Auch als E-Book erhältlich
ISBN 978 3 311 12076 6

I

Das Engadiner Dorf Pigna liegt gut versteckt in einem Nebental, das so klein ist, dass es keinen Namen hat. Die Einheimischen nennen es Vallada oder Valletta, was Tal oder Tälchen heißt, amtlich heißt es Val da Pigna. Vom Engadin her erreicht man es über eine schmale Passstraße, die allerdings oft geschlossen ist, weil ein Unwetter sie unterspült hat oder Lawinen drohen. Das Tal selbst ist wie eine Obstschale, in die jemand eine umgestülpte Tasse gestellt hat. Die Schale, das sind die Berghänge, an denen im Frühling das Vieh weidet, bevor es höher zieht, auf die umliegenden Alpen. Die umgestülpte Tasse ist der Hügel, auf den vor etwa tausend Jahren das Dorf Pigna gebaut wurde. Pigna heißt Ofen, und vermutlich heißt es so, weil es hier viel wärmer ist als im übrigen Engadin, die Berge schützen das Dorf vor Kälte und speichern im Sommer die Hitze. In den alten, von lose geschichteten Steinmauern umgebenen Gärten stehen Aprikosen- und Pfirsichbäume, sogar Reben. Der Winter ist trotzdem so, wie ein Engadiner Winter sein muss, der Schnee liegt manchmal haushoch. Dann sähe man, wenn man von der Passstraße her käme, von Pigna nur noch dick verschneite Dächer und rauchende Kamine. Allerdings ist der Pass dann auch geschlossen.

Vom Talboden führte viele hundert Jahre nur eine Treppe hinauf ins Dorf, die Straglia heißt, wie in den Häusern das Treppchen hinterm Kachelofen, durch das man hinauf in die

Schlafkammer klettern kann. Die Häuser stehen eng aneinandergedrängt wie die Schafe bei Wind, und liegt genug Schnee, kann es sein, dass sich die Decke über den Häusern verbindet und weite Teile des Dorfs wie unter einem großen Dach liegen. Die meisten Häuser sind um die tausend Jahre alt. Nicht alle, denn etwa alle zweihundert Jahre brannte ein Dorfteil ab und wurde wiederaufgebaut. Weil sich das Feuer jeweils von den Dächern her ausbreitete, die damals noch mit Schindeln gedeckt waren, brannte oft nur das halbe Haus ab. Deshalb hat das typische Haus in Pigna Grundmauern aus etwa dem zehnten Jahrhundert – so genau weiß das niemand –, und nach oben wird jeder Stock zweihundert Jahre jünger.

Die Menschen in Pigna lebten wie fast überall im Engadin von der Jagd, von Kühen und Kleinvieh und vom Schmuggel. Und in Pigna ist man eben auch stolz auf sein Obst. Den Anschluss an die Neuzeit hat Pigna auf sympathische Weise verpasst, Touristen verirren sich kaum hierher, und wäre la Valletta nicht das schönste Tal der Welt und Pigna das allerbeste Dorf, wäre es längst ausgestorben. So aber bleibt es besiedelt von einem eisernen Kern von Menschen, die nicht viel zum Leben brauchen und es gern gemütlich nehmen. Denen es nicht zu mühsam wird, jeden Frühling wieder die Steine auf die Mäuerchen um ihre Gärten zu schichten, die im Winter hungrige Hirsche auf Plünderung eingerissen haben. Und die nie im Leben irgendwo anders würden leben wollen. Zumindest in der Theorie.

2

Fast die ganze Nacht hielt Jon Salutt das diffuse Gefühl wach, dass etwas nicht stimmte. Ja, seine Frau Mengia lag nicht neben ihm, aber daran war er inzwischen gewöhnt: Seit sie Enkel hatten, verbrachte sie bald mehr Nächte bei ihnen im Unterland als hier in Pigna. Zwei Mal sah er nach, ob vielleicht eine der Katzen krank war. Auch ein Kontrollgang durch die Schule brachte nichts, deren Abwart er seit sechsunddreißig Jahren war und in der sie wohnten, genauer in einem kleinen Anbau, der im Winter kaum zu heizen war. Jetzt allerdings war Ende Juni, eine Hitzewelle beherrschte das Land, in anderen Jahren badeten die Kinder tagsüber im weit ausladenden, ovalförmigen Dorfbrunnen. Dieses Jahr nicht. Die letzten Schüler hatten gerade abgeschlossen, und Nachwuchs war nicht in Sicht. Das kam immer wieder vor, dann schloss die Schule für ein paar Jahre, und die Lehrerin und der Hausmeister widmeten sich anderen Aufgaben. Auch Jon Salutt – oder Jonin, Hänschen, wie ihn alle nannten – hatte viel zu tun, er war nebenbei Leichenwäscher und Totengräber und half im Winter bei der Schneeräumung. Allerdings war der Schulwartdienst die einzige geregelte Anstellung gewesen, und weil dem Arbeitsamt ein fast Sechzigjähriger mit Wohnort in Pigna als hoffnungslos unvermittelbar galt, sah er seiner vorzeitigen Pensionierung entgegen. Nur als Schulwart wohlgemerkt.

Ob es das war, was ihn wach hielt? Während er in der Position »toter Mann« dalag – der einzigen Position, die er noch erinnerte von einem Videokurs in Yoga, den er mit Mengia absolviert hatte –, ging er in sich: Ängstigte ihn womöglich das Rentnerleben? Aber da war nichts weiter als die sanfte Sorge, ob Mengia ihn zwingen würde, andauernd mit zu den Enkeln nach Aarau zu fahren. Die Enkel waren laut, Aarau war laut, und Mengia selber war, solange sie dort war, kaum wiederzuerkennen.

Vom Bett aus sah er zu, wie der große orangefarbene Mond über dem Piz Dora seine Farbe verlor und die Amsel in der Birke auf dem Pausenplatz ihr Morgengezwitscher begann, und endlich begriff er: Es waren die Kuhglocken, die fehlten! Das unablässige Bimmeln der weidenden Kühe an den Berghängen, die das Dorf wie eine weit ausladende Milchschüssel umgaben. Tag und Nacht waren sie zu hören gewesen, selbst wenn man sie nicht mehr sah, weil sie zwischen Lärchen, Fichten und Arven verschwanden. Das Kuhgeläut, das so unaufdringlich wie der Duft des Flieders und das Rauschen des Schmelzwassers in den steilen Bachbetten die Talluft sättigte und das der Inbegriff des Frühlings war. Das hieß, die Kühe waren auf die Alp gezogen, die Bauern hatten Zeit für die erste Mahd, und damit war der Frühling vorbei. Die nächsten Tage würde man vor allem das Surren der Mähdrescher und das Rattern der Traktoren hören, welche die schweren Heuballen auf die Höfe fuhren. Das wogende Meer von Rotklee, Margeriten, Schlangenknöterich, Vergissmeinnicht, Wiesenakelei und was nicht allem würde kurz einer stumpfen, farblosen Matte weichen, die sich aber gleich wieder wandelte, wenn zartgrün neues Gras spross.

Ja, auch die Sommerzeit in Pigna war herrlich, doch das änderte nichts daran, dass Jon Salutt der Abschied von den Kühen schmerzte, das ging ihm jedes Jahr so. Dafür hörte er jetzt das türkische Taubenpärchen gurren, es nistete irgendwo in einer der riesigen Fichten am Dorfrand.

Irgendwo schnarrte ein Neuntöter. Und schon war es halb sechs. Zeit, aufzustehen.

Jonin duschte und rasierte sich. Nicht mehr nass, sondern elektrisch, seit Mengia beschlossen hatte, dass er mit Dreitagebart verwegener aussah. Sich selbst hatte sie einen praktischen Kurzhaarschnitt zugelegt und tönte das Haar im Farbton »Glorious Silver«. Er fand das etwas sonderbar, denn zugleich hatte sie noch einen hüpfenden, leichten Gang, der wirkte, als wäre sie das Mädchen in sich nie ganz losgeworden. Aber ihr war wohl so, und dagegen gab es nichts zu sagen.

Die übliche Schüssel Haferflocken mit warmer Milch aß er heute im Stehen, oder besser Gehen, denn er versorgte dabei noch die Katzen, die Mengia auf die Namen Hercule und Poirot getauft hatte. Sie waren ihnen vor ein paar Wochen zugelaufen, jämmerlich maunzend und ausgehungert, offenbar konnte so eine Siamkatze sich in freier Wildbahn schlecht behaupten. Jonin hatte sie gefüttert, die Zecken abgelesen und einen Katzenbaum gezimmert, auf dem sie nun den ganzen Tag saßen und aus dem Fenster sahen. Er hatte sie fotografiert und ein Inserat ins Internet gesetzt: »Wer vermisst zwei Siamkatzen?« Doch bisher wollte sie noch niemand abholen.

Das mulmige Gefühl aus der Nacht verließ ihn auch nach dem Aufstehen nicht. Vielleicht waren es doch nicht nur die Kühe. Er machte seinen vielleicht letzten Kontrollgang durch die Schule, entleerte die Kaffeemaschine und steckte zuerst sie aus, dann auch den Drucker und im Schulzimmer die Hellraumprojektoren. Endlich schloss er – nicht ohne Seufzer – den Sicherungskasten unter der Treppe auf und schaltete die automatische Uhr aus, welche die Schulglocke steuerte. Sechsunddreißig Jahre, dachte er und fühlte einen kleinen Stich.

Dann musste er sich schon fast beeilen, um halb neun erwartete ihn Gian Perl, der Gemeindepräsident von Pigna. Nachts hatte es kurz geregnet, der Geruch schwerer, feuchter Erde entströmte den Ritzen im holprigen Pflaster der Giassa Maistra, und der Wind trug den Duft frisch geschnittenen Heus mit sich. Vor Jon Salutts ausladenden Schritten floh eine junge Kröte in einen Brunnenschacht, und im honigfarbenen Licht der Morgensonne flatterten zwei Zitronenfalter um den Hagebuttenstrauch vor der Bäckerei. Er vermisste den Geruch von warmem Brot, aber es war Montag, da hatte sie geschlossen.

Das Gemeindehaus war eines der trutzigsten Gebäude im Dorf, schief und krumm, mit meterdicken Grundmauern, winzigen, tief in ihre Höhlen zurückgezogenen Fenstern und einer Fassade mit zahllosen Schichten Putz und Malerei, die größtenteils wieder abgeblättert waren, sodass das Haus einer großen Cremeschnitte glich, über die sich eine wilde Horde Kinder hergemacht hat. Besonders liebte Jon Salutt die fünf Treppenstufen, die von zahllosen Füßen mit den Jahrhunderten ganz schief und glatt geschliffen waren. Als kleiner Junge war es ihm ein Spaß gewesen, eine um die andere auf dem Hintern hinabzurutschen.

Gerade wollte er die schwere geschnitzte Tür aufstoßen, als Mengia anrief. Er setzte sich auf die oberste Stufe und nahm ab. Er freute sich darauf, ihr von der schlaflosen Nacht zu erzählen, vom Abschied von der Schule und seinem Spaziergang durchs Dorf. Doch wie immer, wenn sie in Aarau und um die Enkel herum war, hatte sie es eilig.

»Ich rufe nur an, damit du die Katzen nicht vergisst.«

Das verwirrte ihn.

»Warum sollte ich sie vergessen? Ich habe sie noch nie …«

»Dann bin ich beruhigt. Ich weiß ja nicht, was du so treibst, wenn ich nicht da bin. Und ich möchte nicht, dass jemand kommt, um sie abzuholen, und sie liegen tot unterm Katzenbaum.«

Er überlegte noch, was er darauf sagen konnte, als sie fortfuhr:

»Viel wichtiger: Elia hat sein Laufrad zerdeppert. Extra. Danach hat es ihm furchtbar leidgetan, er hat geheult – du weißt wie: wie eine Sirene! –, bis ich ihm versprochen habe, dass du es reparierst. Daraufhin hat Sophie noch lauter geheult, weil sie nichts kaputt gemacht hat und doch auch will, dass du ihr etwas reparierst. Also habe ich versprochen, dass du ein Regal an ihr Hochbett machst, so eine Art Nachttisch. Das sage ich dir, damit du das Holz und die nötigen Werkzeuge gleich mitbringst. Es ist sowieso besser, wenn du mit dem Auto kommst, der Zug war wieder entsetzlich voll! Wann kannst du hier sein?«

»Ich weiß nicht«, stotterte er, »ich habe jedenfalls noch den Termin auf der Gemeinde.«

»Wann ist der?«

»Eigentlich genau jetzt. Ich sitze gerade vor dem Gemeindehaus, auf einer dieser abgewetzten Stufen, erinnerst du dich?«

Das Letzte überhörte sie.

»Die werden dich nur verabschieden wollen, so was dauert zehn Minuten. Wenn sie eine Flasche Sekt aufmachen, vielleicht fünfzehn. Dann sage ich also den Kindern, du bist zum Mittagessen hier.«

»Nein, warte. Ich muss noch jemanden finden, der morgen die Katzen füttert.«

»Sonst fährst du eben heute Abend wieder zurück.«

Das würde heißen, er fuhr heute noch sechs Stunden Auto.

»Ja, oder besser, ich fülle vor der Abfahrt noch mal die Schälchen, dann brauche ich erst morgen zurückzufahren.«

»Das wäre nicht tiergerecht.«

Jonin seufzte.

»Wieso bringen wir Hercule und Poirot nicht ins Tierheim? Das wäre das Einfachste.«

»Weil du im Inserat geschrieben hast, man kann sie bei uns abholen. Das wäre nicht anständig.«

»Und wenn niemand kommt?«

»Keine Bange, solche Siamkatzen kosten eine Stange Geld. Die kommen.«

»Ja, aber wenn nicht?«

»Sag mal, bist du mit dem falschen Fuß aufgestanden? So eine Stubenkatze macht doch keine Arbeit!«

»Es sind zwei«, sagte er. »Aber ich glaube, das ist gar nicht das Problem.«

»Sondern?«

»Ich fühle mich überrollt. Du bist ganz schön in Fahrt.«

Mengia stutzte, dann sagt sie leiser: »Mein altes Problem, was? Ich lasse mich jedes Mal von den Kindern anstecken. Entschuldige.«

»Schon gut.«

»Ich liebe dich.«

»Ja, ich dich auch.«

»Also dann bis Mittag«, sagte sie noch und legte auf.

Jonin war sich nicht mehr so sicher, ob er pensioniert werden wollte. Er stand auf, klopfte den Staub von den Hosen und betrat das Gemeindehaus. Im Flur war es finster und kalt. Es würde Herbst werden, bis die Sommerhitze die dicken Mauern durchdrungen hatte.

»Bist du das, Jonin? Komm hoch.«

Gian erwartete ihn im Sälchen des Gemeindehauses, einer Arvenstube mit Kassettendecke und Kachelofen. An den Wänden hingen abwechselnd Hirschgeweihe und Familienwappen, eine Pendeluhr tickte, auf ihrem Zifferblatt stand in verschlungener Schrift:

Jeux Olympiques d'Hiver, St. Moritz, 1928.

Der Saal war leer bis auf einen Konferenztisch mit zwölf Stühlen. An fast jedem Platz lagen, schön geordnet, Papiere und kleine Stapel Klarsichtmäppchen. Gian Perl saß in einem der Stühle, las, verschob ein Papier von einem Mäppchen in ein anderes, dann wechselte er zum nächsten Platz.

»Bin gleich bei dir«, murmelte er und überflog das nächste Dokument.

Jon Salutt dachte sich, dass Gians Erscheinung so ziemlich das Gegenteil der gedrungenen, wettergegerbten Gestalt war, die ihm heute Morgen beim Rasieren aus dem Spiegel entgegengesehen hatte. Gian war lang aufgeschossen, mit zarter, bronzefarbener Haut, glatt rasiert. Obwohl er Glatze trug, wirkte er gute zehn Jahre jünger, dabei waren sie »Jahrgänger« – neun Jahre lang hatten sie zusammen die Schulbank gedrückt. Gleich danach hatten sich ihre Wege jedoch geteilt, Gian hatte studiert, war Architekt geworden und hatte sich eine Villa in Celerina gebaut. Er trug Maßanzüge und fuhr einen Mercedes Offroader. Trotz alldem fühlte Jon sich ihm verbunden wie nur wenigen Menschen.

Endlich schob Gian die kleine, runde Drahtbrille in die Brusttasche, stand auf und gab Jon die Hand.

»Jonin«, sagte er fast zärtlich.

Etwas linkisch standen die beiden Männer voreinander – der Arbeiter im ausgewaschenen Blaumann und der Architekt im tadellos sitzenden cognacfarbenen Cordsamt-Anzug und flaschengrüner Krawatte –, dann zeigte Gian auf den Tisch.

»Das ist das Reich des Gemeindepräsidenten. Jeder Platz steht für ein laufendes Geschäft. Sonntags gegen Abend komme ich aus Celerina, sehe im Haus meiner Eltern nach dem Rechten, mähe den Rasen und so. Sie werden das Heim nie mehr verlassen, aber sie wollen wenigstens die Phantasie aufrechterhalten, und ich helfe ihnen dabei. Am Montag früh erledige ich hier das Präsidiale, irgendwer muss das ja tun. Es ist Corsin, der Gemeindeschreiber, der mir die Geschäfte immer so schön vorbereitet.«

»Und welches der Häufchen bin ich?«

Gian tippte eine Stuhllehne an, vor der nur ein schmales Heft lag.

Jonin las:

»*Leggia da Pulizia Cumünala.* Gesetz Gemeindepolizei.

Nein, das ist nicht meines. Ich bin hier, um die Übergabe zu regeln. Die Schule ist geschlossen, ich habe dort nichts mehr zu tun. Ich gehe in Rente. Gian, ich erwarte von dir keine Medaille oder so, aber vielleicht doch ein Dankeschön für sechsunddreißig Jahre solide Arbeit? Außerdem muss noch geregelt werden, wann Mengia und ich die Dienstwohnung verlassen.«

Er konnte nicht verbergen, dass er angespannt war.

Doch Gian lachte nur und zeigte seine strahlend weißen Zähne, dann schlug er Jonin auf die Schulter.

»Weiß ich doch alles, *meis char*. Es ist nur so, dass Pigna sich einen weiteren Rentner nicht leisten kann. Dafür brauchen wir dringend einen Dorfpolizisten.«

»Einen was? Pigna hatte noch nie einen Polizisten. Und warum so plötzlich?«

»Sieh es von der guten Seite. Du bleibst in Schuss, sparst dir die Rente, und ihr könnt in der Hauswartwohnung bleiben. Zumindest vorläufig. Es gibt für die Schule erst vage Pläne.«

Jonins Augen glänzten.

»Heißt das, ich darf auch die Werkstatt weiter benutzen?«

»So gefällst du mir. Meinetwegen. Dafür hast du weiterhin ein Auge auf die Schule.«

Jonin blätterte das Polizeigesetz durch und musste lachen.

»Sonntags ist Rasenmähen verboten. Soll ich dich jetzt verhaften?«

»Erst, wenn du mich in flagranti erwischst.«

»Und wo sperre ich dich ein?«

»Gute Frage. Vielleicht in die Besenkammer in der Schule? Da haben wir früher oft gesessen.«

»Du? Du warst doch einer der Braven.«

Gian wiegte den Kopf.

»Ich wurde nur nicht oft erwischt. Ich war der mit dem Sekundenkleber. Also, schlägst du ein?«

Jonin hatte nicht übel Lust, trotzdem zögerte er.

»Gibt es keine anderen Kandidaten?«

»Wir dachten erst an einen jungen Polizeikadetten, der in Samedan den Dienst quittiert hat, einen gewissen Capaul.«

»Massimo Capaul? Von dem habe ich gelesen. Er hatte irgendeinen Wirbel veranstaltet.«

»Kann man wohl sagen. Egal, jedenfalls will er nicht. Nein, das ist falsch ausgedrückt, er hat uns einfach nie geantwortet. Und inzwischen bist du gewählt, herzlichen Glückwunsch. Irgendwann trinken wir drauf. Aber wie du siehst, liegt hier noch viel Arbeit.«

Jonin nahm Gians Hand.

Dann fragte er: »Wann beginne ich?«

»Sofort. Du kennst noch den alten Dorfladen?«

Jonin war in seiner Kindheit jeden Tag in dem Laden gewesen, der in derselben Häuserreihe lag wie die Bäckerei. Inzwischen war die Fassade verwittert, einige Fensterläden hingen schief, das Schild *Butia* war vor ein paar Jahren abgefallen und lehnte lose an der Haustür, dahinter sammelten sich Laub und Abfall, die der Wind durch die Gasse trieb.

»Zugegeben, dort müsste man für Ordnung sorgen. Aber hat das nicht noch ein paar Tage Zeit? Mengia erwartet mich in Aarau. Und das Haus sieht doch schon ewig so aus.«

»Seit fünfzig Jahren steht es still. Erinnerst du, wie Duonna Anna Tina uns das Glas mit den grün-rot-weiß gestreiften Bonbons hingehalten hat? Als Sechsjähriger war das für mich der Inbegriff von Wollust.«

Jonin nickte.

»Und sie roch so gut nach frischer Wäsche und Kaffeebohnen. Warum ging der Laden überhaupt zu? In meiner Erinnerung war er immer voll.«

»Das hätte ich auch gern herausgefunden. Ich weiß nur, Anna Tina und ihr Mann Robert sind über Nacht verschwunden. Danach gab es wohl Gerüchte, aber weil niemand Anzeige erstattet hat, ist die Sache versandet. Das ist jedenfalls, was man so hört. Vor zwei Monaten ruft mich plötzlich ein Nachlassverwalter an. Anna Tina war nach Genf gezogen, ist dort gestorben und hat das Haus testamentarisch jenem Verwandten bestimmt, der bereit ist, hier zu wohnen und es im damaligen Sinn wiederzubeleben.«

»Den Laden wieder aufzumachen?«

»So muss man das wohl verstehen. Natürlich fällt es nur einem Idioten ein, in Zeiten des Online-Shopping in einem verlassenen Bergkaff einen Laden zu eröffnen. Deshalb hat der Nachlassverwalter auch niemanden gefunden. Er sagt, er hat Verwandte bis ins achte oder neunte Glied angeschrieben. Wir haben schon befürchtet, der Kasten fällt an die Gemeinde, und wir sitzen dann auf den Kosten.«

Jonin nickte.

»So weit komme ich mit. Aber was habe ich damit zu tun?«

»Gestern hat sich dann doch eine Interessentin gemeldet, Alexandra Siber, eine Großnichte von Anna Tina. Du sollst sie durchs Haus führen. Und wenn es irgend geht, sorge dafür, dass sie es übernimmt und großzügig investiert.«

»Warum kann das nicht Corsin machen?«

»Corsin tut schon sehr vieles, was eigentlich nicht in seinen Kompetenzbereich gehört, dabei ist er, im Unterschied zu dir, tatsächlich im Pensionsalter. Seine Hüfte wird immer schlimmer, er kann kaum noch gehen. Dazu kommt, dass die Kantonspolizei darauf drängt, dass die Bergdörfer sich selbst regeln, sie ist völlig überlastet. Für die Dorfbevölkerung ist es ja auch netter, sie kennen ihren Polizisten. Und Fremde finden vor Ort eine vertrauenswürdige Ansprechperson.«

»Welche Fremden?«

Tatsächlich verirrte sich kaum je ein Tourist nach Pigna.

»Das muss ja nicht so bleiben, den einen oder anderen Pfeil habe ich schon noch im Köcher, wenn es darum geht, Pigna zu retten. Also: zwei Uhr vor dem Dorfladen, Alexandra Siber. Alles klar?«

Jonin nickte.

»Den Schlüssel bräuchte ich noch.«

»Der steckt von innen, es ist nicht abgeschlossen.«

Zum Abschied überreichte Gian ihm eine Plastiktüte.

»Da drin sind Vertrag, Ausweis und Kostüm. Kleiner Scherz, Uniform. Wenn etwas davon nicht passt, wende dich an Corsin, er hat die Sachen besorgt.«

Er klappte die Brille auf und setzte sich wieder an den großen Tisch. »Ach ja, diese verdammten Jäger«, seufzte er, während er sich über ein Papier beugte, »das neue Jagdhüttengesetz. Wir wollen endlich mit dieser Mauschelei und Schieberei aufräumen. Aber ich sage dir, da wird noch Blut kochen.«

»So schlimm?«, fragte Jonin, um nicht zu schweigen, aber Gian war schon ganz in die Lektüre vertieft.

Jonin kehrte auf die Straße zurück und wählte Mengias Nummer.

»Es ist verrückt, du glaubst es nicht. Ich bin der neue …«

»Gut, dass du anrufst, Liebling«, unterbrach sie ihn.

Er hörte im Hintergrund die Kinder toben.

»Sophie will jetzt doch kein Regal, sondern lieber einen Prinzessinnenthron. Er soll rosafarben sein, Rüschen haben und goldene Füße. Kriegst du das auf die Schnelle hin? Oder bist du schon unterwegs?«

»Nein, bin ich nicht, und ich schaffe es auch frühestens auf den Abend. Mengia, du wirst es nicht glauben, ich …«

»Auf den Abend?! Was glaubst du, was das für ein Geschrei geben wird?«

»Möglich, aber ich muss erst jemandem den alten Dorfladen zeigen. Gian hat mich darum gebeten. Und er ist immerhin Gemeindepräsident.«

»Den alten Dorfladen, die Lotterbude in der Giassa Maistra? Diese Mördergruft? Und das soll wichtiger sein als deine Enkelkinder?«

»In diesem Fall schon. Aber was meinst du mit Mördergruft?«

Noch während er die Frage aussprach, rutschte er auf einer der blank gewetzten Treppenstufen aus, das Handy entglitt ihm, und bis er es wiederhatte, war die Verbindung unterbrochen.

Er schickte Mengia eine SMS:

Kann leider erst abends kommen, habe Job für die Gemeinde.

Mehr wollte er nicht verraten.

3

Als Jonin das Haus betrat, war er aufgeregt wie bei einem Rendezvous. Ein Laden, der seit fünfzig Jahren verlassen war …

Der erste Eindruck war dann aber eher nüchtern. Neben dem Eingang stapelten sich Zeitschriftenbündel. Die Regale waren fast komplett ausgeräumt, nur ein paar Konservendosen und Tuben standen noch darin, dazu Reinigungsmittel wie Schmierseife und Scheuersand, Kochgeschirr und einiges für Stall und Vieh. Am Boden fand er Mäuseköttel und Marderdreck und über allem dicke Schichten von Staub. Hier war der Hauswart gefragt. Aber hatte er genügend Zeit? Nachdem er vergeblich einige Lichtschalter betätigt und die Sicherungen überprüft hatte, rief er beim Elektriker an.

»Armin, jemand interessiert sich für den alten Dorfladen. Bevor ich ihn zeigen kann, muss ich aber putzen. Dafür brauche ich Strom. Kannst du ihn mir anstellen?«

»Ich habe keine Ahnung, wovon du sprichst.«

Jonin ging auf die Straße hinaus, um die Hausnummer abzulesen.

»Giassa Maistra 7, direkt links neben der Bäckerei.«

»Der alte Kasten? Lässt sich wohl schon machen, außer es hat jemand am Sicherungsbrett rumgebastelt. Wer haftet denn, wenn es einen Kurzschluss gibt und die Bude abbrennt? Und an wen geht denn die Rechnung?«

»An die Gemeinde. Ich bin jetzt Dorfpolizist.«

»Seit wann haben wir denn so was?«

»Seit heute.«

Jonin musste selber lachen, als er das sagte, und kaum hatte er aufgelegt, zog er sich im Hinterzimmer um. Corsin schien ein gutes Auge zu haben, alles passte. Dann machte er eine Liste, was er für seine Putzaktion brauchte, und ging in die Schule, um alles zu holen. Als er eine halbe Stunde später zurückkam, war Armin schon da gewesen: Das Licht brannte, eine Kühltruhe rumpelte. Jonin steckte sie aus. Das Wasser war natürlich auch abgedreht, er füllte den Eimer am Brunnen.

Als er mit dem Nasssauger die schönen, gebogenen Schaufensterscheiben reinigte, klopfte Elvira ans Glas. Sie war die Mutter des Bäckers und wohnte in der Dachwohnung über der Bäckerei. Sie zog einen kleinen Sonntagszopf aus der Schürzentasche, hielt ihn an die Scheibe und rief:

»Hier, nimm, bevor er verdirbt.«

Er trat zu ihr hinaus.

Sie musterte ihn. »Hast du etwa das Haus gekauft?«

»Oh nein. Da.«

Er drehte sich um, damit sie die Aufschrift auf seinem Rücken lesen konnte: *Pulizia Cumünala*.

»Heute kommt die Erbin, vielleicht übernimmt sie es.«

Vor Schreck hielt Elvira die Hände vor den Mund. Sie waren winzig und so runzlig wie ihr Gesicht.

»Die Erbin dieses Mörders? Sie darf das Haus nicht annehmen, das bringt Unglück.«

»Wer hat denn hier wen umgebracht?«

»Na, Robert hat Anna Tina umgebracht, weißt du das nicht? Sie ist fremdgegangen, ich glaube, mit dem Förster. Da hat er sie getötet und ist abgehauen. Es heißt, nach Amerika.«

»Ach ja?«

Jonin biss ins Zopfbrot.

»Und was, wenn ich dir sage, dass die Frau, die heute

kommt, das Haus von Anna Tina geerbt hat? Dass Anna Tina jetzt erst gestorben ist?«

Elvira starrte ihn an. Dann fragte sie:

»Schmeckt er noch? Er ist von gestern.«

Er nickte kauend, der Zopf war zu trocken, als dass er hätte sprechen können. Er ging zum Brunnen und trank, danach fragte er:

»Und warum der Förster?«

»Weil er damals der Fescheste weit und breit war. Und Robert war ja selber nicht ohne. Anna Tina wäre bestimmt nicht mit jedem gegangen.«

»Wieso glaubst du überhaupt, dass sie fremdgegangen ist?«

»Na, hör mal! Weil sie klammheimlich weg sind. Alle beide, über Nacht. Man gibt doch nicht mir nichts, dir nichts einen gut laufenden Laden auf. Ja, wenn sie ihn verkauft hätten! Aber einfach so verschwinden?«

»Klingt logisch. Ich muss jetzt wieder putzen.«

Elvira folgte ihm in den Laden und sah sich um, aber er hatte keine Zeit, sich um sie zu kümmern. Irgendwann verschwand sie wieder.

Eine Viertelstunde später stand ihr Sohn Men im Laden, der Bäcker, ein vierzigjähriger, breitschultriger Mann mit rotem Gesicht.

»Schmeckt es?«, fragte er, als er den angebissenen Zopf auf der Ladentheke liegen sah.

Jonin hatte ihn ganz vergessen.

»In der Not frisst der Teufel Fliegen.«

Er biss nochmals ab.

»Etwas trocken.«

»Die Hefe von heute ist nicht mehr, was sie mal war. Früher hielt der Zopf drei Tage, heute bei heißem Wetter vielleicht einen halben. Und wozu will die Frau, die heute kommt, den Laden?«

Er hatte Jonin den Zopf aus der Hand genommen, zerpflückte ihn und zerrieb ein Stück zwischen den Fingern.

Jonin wartete, bis er damit fertig war, dann stellte er den Sauger an und saugte die Krümel auf.

»Ich weiß nicht, ob sie ihn überhaupt will. Aber falls ja, dann werde ich sie fragen.«

»Tu das. Wenn sie Backwaren anbieten will, soll sie vorher mit uns reden. Mutter sagt, früher gab es deswegen Streit. Wir sind gern bereit, die Milchprodukte wieder aus dem Sortiment zu streichen, aber Konkurrenz in Backwaren möchten wir lieber nicht.«

Danach ging er wieder. Den Rest vom Brot nahm er mit.

»Was tust du mit meinem Zopf?«

»Den kriegen die Hühner. Komm morgen in die Bäckerei, dann kriegst du Ersatz.«

Kurz vor zwei Uhr gab Jonin es auf, den Laden schön machen zu wollen, ging hinaus auf die Straße und rief Mengia an.

»Hast du jetzt etwas Zeit für mich?«

»Du hast doch keine«, sagte sie mit dezenter Spitze.

»Für dich schon, nur nicht für unsere Enkel. Hör zu, die Gemeinde kann es sich nicht leisten, mich in Rente zu schicken. Stattdessen hat Gian mir eine neue Stelle angeboten. Nein, nicht angeboten, verordnet. Ich bin jetzt Dorfpolizist. Das ist doch schön.«

Mengia räusperte sich, dann sagte sie freundlich: »Erklär mir bitte, was du daran Schönes siehst.«

»Ganz viel, mal abgesehen davon, dass wir nicht umzuziehen brauchen und ich auch die Schulwerkstatt weiter benutzen kann. Sonst wäre es mit dem Reparaturservice für Elia und Sophie sowieso vorbei. Vor allem tue ich als Polizist etwas Gutes.«

»Ist es denn nichts Gutes, wenn du mit mir unsere Enkel besuchst? Wenn du ihnen Dinge bastelst?«

»Doch.«

»Und was ist besser daran, Polizist zu sein?«
»Ganz ehrlich?«
»Ich bitte darum.«
»Das Beste ist, dass ich in Pigna bin. Das Unterland tut mir nicht gut.«
»Nicht einmal, wenn ich dort bin?«
Er lachte.
»Mit dir hier zu sein, ist das Beste. Ohne dich in Aarau zu sein, wäre das Schlimmste. Ohne dich hier zu sein, ist auch nicht perfekt …«
»Aber besser, als mit mir in Aarau zu sein?«
»Ja.«
»Danke für die ehrliche Antwort.«

Sie hatten eben aufgehängt, als ein verbeulter Toyota Corolla mit Zürcher Nummernschild im Schritttempo die Gasse entlangrollte. Der Fahrer, ein Twen mit Locken, Wochenbart und Strickmütze, kurbelte das Fenster herunter. Auf dem Beifahrersitz erahnte Jonin eine junge Frau.
»Ist das die Gassa Mista?«
»Giassa Maistra. Ja, das ist sie. Die Dame neben Ihnen ist womöglich Duonna Alexandra?«
Der Wagen bremste, die Frau stieg aus und strahlte Jonin an. Sie konnte kaum älter als zwanzig sein, das dunkle, schulterlange Haar fiel offen über ihr ärmelloses Sommerkleid, und als sie merkte, dass sie barfuß war, bückte sie sich und zog noch schnell Sandalen an. Dabei fragte sie:
»Wie haben Sie mich genannt?«
»Duonna Alexandra. So siezt man sich hier. Ich heiße Jon Salutt und bin hier, um Ihnen das Haus zu zeigen.«
Sie ging um den Toyota herum und reichte ihm eine schmale, kühle Hand.
»Wie muss ich Sie nennen? Don Salutt?«
Er lachte.

»Nein, Sar Jon. Aber die Leute nennen mich Jonin.«

»Und mich Lexi.«

Sie gab ihm gleich nochmals die Hand.

»Und das ist mein Bruder Tristan. Er soll mich beraten.«

Tristan fragte: »Wo kann ich parken?«

Jonin wies ihm den Weg zum Dorfparkplatz, der fünfzig Meter die Straße weiter zwischen hohen Birken lag.

Während sie auf ihn warteten, plauderte Lexi los:

»Die Fahrt über diesen letzten Pass war vielleicht abenteuerlich! Wir dachten, wir hätten uns verirrt. Die Bäume standen so dicht, und die Straße war höchstens ein Sträßchen. Ich glaube, ich habe sogar Hirsche gesehen.«

»Das ist leicht möglich.«

»Und dann dieses ultrasteile letzte Stück hier ins Dorf hoch! Wie macht ihr das bloß im Winter? Kommt man da überhaupt noch hoch?«

»Vielleicht nicht mit einem Toyota Corolla. Die meisten hier haben ein Auto mit Vierradantrieb. Und manchmal muss man es in Gottes Namen unten stehen lassen und hochstapfen. Dann macht auch der Bus unten kehrt, und Fulvio holt die Leute mit dem Raupenfahrzeug ab. Fulvio ist unser Gemeindearbeiter. Aber wenn Neuschnee angesagt ist, bleibt man am besten einfach im Dorf.«

Lexi sah ihn verdutzt an.

»Das war jetzt ein Witz, oder? Man ist den Winter über eingeschlossen?«

Was hatte Gian ihm aufgetragen? »Tu dein Möglichstes, damit sie hierbleibt und tüchtig investiert.«

Er wich aus.

»Sagen wir, wer sich erst hier niedergelassen hat, will gar nicht mehr weg.«

Sie nickte.

»Ja, das kann ich mir vorstellen. Und nach so einem Ort sehne ich mich. Da kommt Tristan.«

Im Laufschritt joggte er die Straße hoch. Er keuchte.

»Ich hatte Angst, ich verpasse was. Welches Haus ist es denn?«

»Ich weiß noch nicht mehr als du.«

Lexi hakte sich bei ihm unter und sah Jonin mit großen, glänzenden Rehaugen an.

»Wir sind so weit.«

Jonin lachte.

»Ihr steht davor.«

»Welches?«

Sie sahen sich um.

»Direkt vor eurer Nase.«

»Aber das ist ein Laden. Ich dachte, es ist ein Wohnhaus.«

»Oben hat es eine Wohnung und eine Mansarde.«

Lexi lachte überfordert.

Tristan sagte: »Junge, Junge. Ein Laden. Das ändert natürlich alles.«

»Vielleicht gehen wir erst mal rein?«

Jonin ging voraus.

»Das Schaufenster ist schon einmal wunderschön«, stellte Lexi fest, als sie eintraten. »Aber heißt das, wenn ich das Haus übernehmen will, muss ich auch den Laden wieder führen?«

Tristan grinste.

»Lexi als Ladenbesitzerin. Der gute Mensch von Pigna.«

»Spar dir deine Sprüche, Tristan, sieh dir lieber die schöne Kasse an.«

Sie trat hinter die Theke und fuhr mit behutsamen Bewegungen über die riesige alte Ladenkasse.

»Die sieht aus, als wäre sie gerade noch benutzt worden.«

Jonin gestand: »Ich habe etwas geputzt.«

Lexi sah ihn erstaunt an.

»Du? Jedenfalls danke.«

Und Tristan sagte: »Donnerwetter, die Polizei, dein Freund und Helfer.«

»Ach so, ja. Ich war früher mal Schulwart, und gelernt ist gelernt. Seht euch ungezwungen um. Der Laden hat ein Hinterzimmer und ein Lager, unten ist noch die Wäscherei und der Kühlraum. Die Wohnung im ersten Stock ist leider abgeschlossen, ich habe nur den Ladenschlüssel und werde das Schloss wohl aufbohren müssen. Die Mansarde wiederum steht offen.«

»Ich glaube nicht, dass du für uns eine Tür aufbrechen musst. Oder, Lexi?«

»Doch, ich will schon gern alles sehen.«

»Es ist ein Laden, Lexi. Und im Testament steht, du musst das Haus im ursprünglichen Sinn wiederbeleben. Weißt du, was das heißt?«

Jonin fragte: »Steht darin auch, für wie lange?«

»Clevere Frage.«

»Nein, das steht tatsächlich nicht«, antwortete Lexi. »Aber ich will mir auch nichts erschleichen.«

Dann klatschte sie in die Hände.

»Egal, jetzt sehen wir uns erst mal alles an. Ja, Jonin, bitte mach die Tür zur Wohnung auf.«

Dazu musste er aus der Schulwerkstatt eine Bohrmaschine, Metallbohrer für Messing, Schraubenzieher, Hammer, Geißfuß und Brecheisen holen. Im Vorbeigehen aß er zu Hause noch zwei Bananen und ein Stück Schokolade: das nachgeholte Mittagessen. Als er zurückkam, hörte er in einem der oberen Stockwerke fröhliches Pfeifen und entdeckte auf dem Dachboden Tristan, der den dort gestapelten Krempel durchforstete.

»Eigentlich wollte ich nur kontrollieren, ob das Dach dicht ist, dann bin ich hier hängen geblieben. ich habe im Internet gelesen, das Dach sei eine der Schwachstellen, wenn man ein gebrauchtes Haus kauft. Die Flecken an den Balken weisen darauf hin, dass Wasser reinläuft, sehe ich das richtig?«

Jonin leuchtete mit der Handy-Taschenlampe die Unterseite der Ziegel ab.

»Da müssen bestimmt ein paar ersetzt werden. Aber die Flecken stammen nur vom Schmelzwasser. Wenn im Frühling der Schnee schmilzt, drückt das Wasser durch die Ritzen, und in der Nacht gefriert es wieder. So kann sich eine ganze Menge Wasser ansammeln, das dann in den ersten warmen Nächten den Balken entlang ins Haus rinnt. Das ist ganz normal und macht nichts kaputt. Morsche Balken kann ich jedenfalls nicht entdecken. Hättest du gern einen guten Grund, um Lexi die Sache auszureden?«

Tristan sah ihn verdutzt an, dann lachte er.

»Ich weiß selber noch nicht, was ich davon halten soll. Natürlich wäre es megacool, so eine Hütte auf dem Land zu haben. Aber hier richtig zu leben, auf Gedeih und Verderb, in guten wie in schlechten Tagen, das ist schon was anderes. Und mit dem Laden potenziert sich das Problem. Gibt es hier überhaupt noch Kundschaft?«

Jonin hob die Achseln.

»Wir kommen mit dem aus, was wir haben. Aber das soll nicht heißen, dass man nicht neue Begehrlichkeiten wecken könnte.«

Tristan grinste.

»So wie Juliette Binoche als Hexe in *Chocolat*? Ja, die Rolle würde zu Lexi passen. Bisher kann sie allerdings nur bunt aufgedonnerte Cupcakes und beherrscht etwas Küchenpsychologie. Essen die Leute hier Cupcakes?«

Jonin zögerte.

»Vielleicht aus Höflichkeit.«

Lexi kam die steile Treppe hoch.

»Hier steckt ihr also. Was ist denn jetzt mit der Wohnung, Jonin?«

Es war nicht schwer, das Schloss aufzubohren. Der Schlüssel lag dann drinnen auf dem Küchentisch.

Lexi hielt vor Schreck den Atem an.

»Heißt das, jemand hat von innen abgeschlossen?«, flüsterte sie. »Dann liegt hier womöglich eine Leiche?«

»Mal sehen.«

Tristan ging munter von Raum zu Raum.

»Wieso die Tür damals nicht aufgebrochen wurde, als die beiden verschwunden sind, kann ich mir auch nicht so ganz erklären.«

»Welche beiden? Was heißt verschwunden?«

Jonin biss sich auf die Lippe.

»Das ist, was man so hört, aber in fünfzig Jahren ranken sich natürlich auch endlos die Legenden. Jedenfalls hat deine Großtante hier mit ihrem Mann gelebt, und sicher hatte jeder einen Schlüsselbund. Wenn sie zusammen weg sind, brauchten sie nur einen.«

»Stimmt. Vor allem, wenn sie nicht vorhatten zurückzukommen.«

Tristan rief: »Keine Leichen!«

Danach strich jeder für sich durch die Wohnung, die aussah, als wäre sie gerade erst verlassen worden. Die Geschirrspülmaschine Jahrgang 70 war noch gefüllt, auf dem Herd standen Töpfe, deren Inhalt allerdings zu einer undefinierbaren Kruste eingetrocknet war. Auf einem Stuhl lagen Männerkleider, an der Badezimmertür hing ein mit blassrosa Rosen bedrucktes Nachthemd, und auf dem Boden lagen zerknüllte Papiertaschentücher.

Lexi öffnete den Kleiderschrank.

»Schade, Anna Tina hatte viel weniger Kleider als ihr Mann.«

»Wieso schade?«

Tristan sah die wenigen Bücher auf dem Regal durch. Reise- und Abenteuerliteratur: Robert Ruark, J.M. Simmel, ein Konsalik. Und mittendrin ein Gedichtband von Rilke.

»Weil sie meine Größe hatte. Ich dachte, ich finde vielleicht etwas Cooles.«

Jonin sah ebenfalls in den Schrank.

»Das ist wirklich sonderbar. Sie hatte die rechte Schrankseite, er die linke. Rechts hängen viele leere Bügel, und die Wäschefächer sind fast leer geräumt.«

Lexi drehte sich nach ihm um.

»Was schließt der Polizist daraus?«

»Dass sie gepackt hat.«

Tristan gesellte sich zu ihnen.

»Das ist wirklich interessant: Sie hat gepackt, er nicht. Aber verschwunden sind sie beide.«

Lexi zuckte mit den Schultern.

»Wenn man einen Laden führt, können vielleicht nicht beide gleichzeitig in die Ferien, da wechselt man sich ab.«

»Das schon«, sagte Jonin. »Nur sind sie ja dann doch beide fort. Außerdem, wenn ich mir ansehe, was für Kleider er auf dem Stuhl liegen hat, Pullover und Wollsocken, würde ich sagen, sie verschwanden nicht gerade zur Hauptferienzeit.«

»Vielleicht war Weihnachten?«

Tristan schüttelte den Kopf.

»An Weihnachten schließen die Läden, da können beide weg. Jonin hat schon recht, die Sache ist merkwürdig.«

Lexi lachte ungläubig.

»Denkt ihr jetzt etwa auch an eine Leiche? Hat Anna Tina ihren Mann kaltgemacht, und danach packt sie seelenruhig ihre Sachen? Und wo hat sie die Leiche hingetan?«

Tristan überlegte.

»Es könnte sein, dass sie ihn verlassen wollte. Er hat sie gewaltsam daran gehindert, danach ist er abgehauen.«

Jonin musste an Elvira denken.

»Allerdings ist Anna Tina erst vor zwei Monaten gestorben.«

»Ja, wenn es wirklich Anna Tina war«, wandte Tristan ein. »Ich habe mal einen Krimi gesehen, in dem eine umgebracht worden ist, und eine andere hat ihre Identität angenommen.«

Lexi schüttelte den Kopf.

»Um dann für fünfzig Jahre unterzutauchen? Macht das Sinn?«

Jonin lachte bemüht.

»Genau. Ich kann mir auch nicht vorstellen, dass etwas passiert ist.«

»Hast du nicht damit angefangen?«, fragte Tristan.

»Als Polizist muss er doch so denken.«

Tristan nickte.

»Mich würde viel mehr interessieren, ob hier irgendwo Geld liegt. Zuletzt geht es doch immer um Geld. Wenn sie so plötzlich fortmussten, konnten sie vielleicht nicht alles mitnehmen.«

»Die Kasse unten ist jedenfalls leer, da habe ich schon nachgesehen.«

Während Lexi redete, nahm sie einen Verkaufskittel aus dem Schrank und zog ihn über.

»Und, Bruderherz, wie mache ich mich?«

Tristan fand es unnötig, zu antworten.

Er trat ans Fenster.

»Die Aussicht hier ist dafür großartig, mannomann.«

Über den alten, schiefen Dächern der Giassa Maistra schwangen sich sattgrüne Bergsattel, zinkweiße Wolken schwebten wie hingetupft an einem veilchenblauen Himmel, und hoch aufgeschossene Birken und Zitterpappeln wiegten sich flirrend im Wind. Immer wieder sausten Schwalben in waghalsigen Manövern kreuz und quer durch den Fensterausschnitt, und hinter den Scheiben hörten sie leise den selbstvergessenen Gesang einer Amsel.

Alexandra fasste ihren Bruder mit beiden Armen um die Hüfte, stellte sich auf die Zehenspitzen, um das Kinn auf seine Schulter legen zu können, sah mit ihm nach draußen und sagte verträumt:

»Ja, das ist zauberhaft. Es müssen glückliche Menschen sein, die hier leben.«

4

Alle drei gingen wieder hinunter in den Laden.

»Aber du hast recht, Tristan. Hier zu wohnen wäre allein schon eine Herausforderung. Dazu der Laden, das ist eines zu viel. Trotzdem würde ich zu gern noch ein halbes Stündchen oder so verbummeln und mir vorstellen, ich wäre hier zu Hause.«

»Ich hab's nicht eilig.«

»Lasst euch alle Zeit der Welt.«

Jonin trug den Nasssauger hoch, um in der Wohnung sauber zu machen, dann holte er am Brunnen Wasser.

Lexi folgte ihm. »Jonin, was sind das im Keller …«

Weiter kam sie nicht, denn aus einem der Häuser gegenüber trat eine vielleicht siebzigjährige Frau mit blondem Haarteil, das sie wie eine zu kleine Mütze auf dem dünnen grauen Haar balancierte, dunkelviolett bemalten Fingernägeln mit abgestoßenem oder abgekautem Lack, zu weiter Latzhose und Schuhen mit offenen Schnürsenkeln. Sie schrie theatralisch auf, als sie Lexi sah.

»Anna Tina! Anna Tina!«

In einer Art Passgang humpelte sie auf Lexi zu, um sie zu umarmen. Nein, sie umarmte sie nicht, sie packte sie an den Schultern.

»Himmel, was hast du mit deinem Haar gemacht? Und wo warst du? Wieso war der Laden zu? Ich hoffe, du hast meine *Bravo* nicht vergessen.«

Lexi stotterte.

»Ich ... Ich bin nicht ...«

»Rede dich nicht heraus, du willst dir doch nur das Poster von den Sweets unter den Nagel reißen!«

»Das ist Flurina.«

Jonin fasste die clowneske Alte sanft am Arm.

»Flurina lebt in einer anderen Zeit. Aber du hast es schön da, nicht wahr? Nur die Schuhe solltest du binden, sonst stolperst du noch.«

»Wie denn, bei meinem steifen Kreuz! Die Schuhe bindet mir Rosa, aber die ist ja auch nie da, wenn man sie braucht.«

»Rosa nennt sie alle Frauen vom Pflegedienst, der Spitex. Die kommen leider nur alle zwei Tage hoch. In der übrigen Zeit hilft, wer gerade Zeit hat.«

»Ich kann Ihnen die Schuhe binden.«

Lexi kniete nieder.

Flurina zog den Fuß weg.

»Und wer macht sie wieder auf, wenn ich ins Bett will? Du bestimmt nicht, du sülzt mit deinem Robert rum oder vertrödelst die Zeit mit Monika.«

»Ein Stündchen oder zwei bin ich schon noch da.«

»Dann meinetwegen.«

Widerwillig ließ Flurina sie machen.

»Du weißt ja, wo wir wohnen.«

Dann schlurfte sie ins Haus zurück.

Lexi sah ihr verwirrt nach.

»Wieso glaubt sie, ich sei Anna Tina?«

Tristan hatte von der Ladentür aus zugesehen.

»Ich nehme an, wegen dem Kittel. Das war ja vielleicht eine bizarre Nummer! Aber sieh mal, Lexi, ich habe auch was gefunden. Wie mache ich mich als Robert?«

Er trug Jonins Blaumann.

Der zuckte zusammen, aber er sagte nichts.

Als sie in den Laden zurückkehrten, zeigte er auf die Zeitschriftenbündel.

»Die *Bravo*, von der Flurina geredet hat, ist vermutlich da drin. Das müssen die letzten Lieferungen von den Verlagen sein, bevor sie gemerkt haben, dass keiner mehr die Rechnung bezahlte. Die Butia waren auch der Kiosk.«

Lexi bat: »Darf ich die Bündel aufmachen?«

Jonin reichte ihr wortlos das Taschenmesser.

»Draußen beim Brunnen, da wolltest du mich etwas fragen.«

»Stimmt. Was wurde da unten im Keller gemacht? Klar, das eine sind Waschmaschinen. Aber wozu war dieses riesige Blechteil?«

»Vielleicht ein Tank.«

Jonin stieg die steile Steintreppe ins kühle, nach Gruft riechende Kellergewölbe hinab, um es sich anzusehen.

Es handelte sich um eine Wand mit Tiefkühlfächern, durchnummeriert von 1 bis 24, jedes Fach war mit einem Schloss versehen. Die meisten standen offen, und die Schlüssel steckten. Zwei allerdings waren aufgebohrt worden, und weitere zwei in der untersten Reihe waren noch verschlossen. Die Tür des einen Fachs war zerbeult, das Schloss zerkratzt, die andere schien unberührt.

Der Anblick weckte eine lange verschüttete Erinnerung. Es musste in den Tagen oder Wochen nach Anna Tinas und Roberts Verschwinden gewesen sein, als Jonin als Siebenjähriger frierend neben seinem Vater gestanden hatte, der vor den Fächern kniete und sich daran zu schaffen machte. Im Blaumann, denn sein Vater war damals der Schulwart gewesen. Seinem Vater brachen mehrere Bohrer ab – vermutlich hatte er noch keinen HSS-Spezialbohrer gehabt. Irgendwann schickte er Jonin zurück in die Schulwerkstatt, um den Vorschlaghammer zu holen. Jonin konnte das schwere Teil kaum schleppen, meist zerrte er ihn hinter sich her durch den Schnee. Bis ihm am Fuß der Giassa Maistra der Vater entgegenkam, wortlos den Hammer nahm und Jonin stehen ließ. Jonin wagte nicht, ihm zu folgen, er fürchtete, dass er an der schlechten Laune seines Vaters schuld war. Welche Schmach es für ihn gewesen sein mochte, an den zwei einfachen Schlössern zu scheitern, begriff er erst jetzt.

Jonin ging hoch, um das Bohrwerkzeug zu holen und für seinen Vater das Werk zu vollenden. Auf dem Treppenabsatz rannte er fast in Tristan – und erschrak bis in die Knochen, weil er zuerst nur den Blaumann vor sich sah und sich einbildete, es wäre sein Vater.

»Komm hoch, Jonin, da ist Besuch für dich.«

Elvira war zurück, bestimmt getrieben von Neugierde. Die Schürze hatte sie ausgezogen und dafür ein schmuckes Kopftuch umgebunden. In den Händen trug sie einen Tirolercake, angerichtet auf einer Porzellanplatte mit perforiertem Deckchen.

»Men hat mit mir geschimpft. Ich hätte dir den alten Zopf nicht geben dürfen. Ich komme, um mich zu entschuldigen. Und die Jungmannschaft hat bestimmt Hunger.«

Tristan grinste.

»Zu Kuchen sage ich nie Nein.«

Und Lexi erhob sich aus einem Wust von Zeitschriften, winkte Jonin strahlend mit einer *Bravo*, brachte ihm das Messer und setzte sich erwartungsvoll auf die Ladentheke.

Jonin zerteilte den Kuchen, und sie griffen zu. Nur Elvira aß nichts, sondern sah nur zu.

»Die junge Dame hat eine erstaunliche Ähnlichkeit mit ihrer Großtante. Die trug einen Pagenkopf, so wie diese französische Sängerin damals.«

Tristan fragte kauend: »Mireille Mathieu?«

»Gut möglich.«

Er nickte.

»Auch der Spatz von Avignon genannt.«

Jonin wunderte sich.

»Woher weiß er so was? Da wart ihr doch noch gar nicht auf der Welt.«

»Mein Bruderherz ist wie ein Müllschlucker, sein Kopf ist voll von unnützem Zeug. Abgesehen davon hat er eine diagnostizierte Lernschwäche.«

Tristan angelte sich unbekümmert ein zweites Stück Kuchen.

»Wie ging der Spruch noch? Kuchen hat wenig Vitamine, deshalb ist es wichtig, dass man viel davon isst.«

Elvira fragte: »Wissen Sie überhaupt, was das hier für ein Laden war?«

Lexi nickte.

»Klar, der Dorfladen.«

Und Jonin versicherte: »Ich habe ihnen schon allerhand erzählt.«

»Aber bestimmt nicht, was ich euch jetzt erzähle. Dieser Ort hier war für Pigna der Nabel von allem. Am Sonntag war es die Kirche, an den Werktagen die Butia. Jedenfalls als ich noch Kind war. Wir hatten noch keinen Kindergarten, und ich kam immer mit meiner Mutter her. Man konnte Tiefkühlfächer mieten und im Keller Wäsche waschen. Alle Mütter kamen mit ihren kleinen Kindern. Nach dem Frühstück sind wir mit der Schmutzwäsche rüber, Mama hat eingekauft, Kaffee getrunken und getratscht, wir Kinder haben zugehört oder am Brunnen gespielt. Dann sind wir wieder heim, um zu kochen, und nach dem Essen sind wir in den Garten, wir haben geerntet und gerüstet. Mit den Bohnen, Erbsen oder Beeren sind wir dann wieder her, um sie einzufrieren und die saubere Wäsche abzuholen. Nach Arbeitsschluss um fünf Uhr brauchten nämlich die alleinstehenden Männer die Waschmaschinen. Uorschla, wie Anna Tinas Mutter hieß, hat immer geschimpft, dass die Schreiner und Zimmermänner ihre Hosen waschen, ohne vorher die Nägel aus den Taschen zu nehmen. Und zur Jagdzeit kamen in aller Herrgottsfrühe die Jäger, um die geschossenen Hirsche und Steinböcke einzufrieren. Mein Verblichener war ja auch so ein Jagdverrückter. Was hat Uorschla getobt, wenn sie meinten, sie können ihre Beute noch schnell auf der Ladentheke zerlegen. Nichts da, wer mit einem ganzen Tier kam, musste es auch ganz einfrieren. Groß genug waren die Fächer.«

Lexi und Tristan hatten vor Spannung vergessen zu essen.

»Mensch.«

Tristan kaute erst mal fertig.

»Da hört man von so einem leer stehenden Haus und denkt großkotzig: Prima, wir bevölkern Niemandsland, machen in der Hütte was Tolles, so richtig Unerhörtes, und werten damit die Gegend auf. Aber von wegen Einöde, von wegen Aufwerten! Ihr habt hier selber richtig satt Kultur. Oder hattet. Das muss man erst mal toppen.«

Jonin versicherte: »Wir haben auch jetzt noch. Zumindest in Ansätzen.«

Tristan prustete los.

Lexi gestand: »Ich habe was Ähnliches gedacht. Die Fantasie war: In einem leeren Haus ist alles möglich. Nur ist das hier kein leeres Haus, sondern eines, das proppenvoll ist mit Geschichte, und wenn ich das Haus übernehme, übernehme ich die natürlich mit.«

»Oder krasser, Schwesterherz: Die übernimmt dich.«

»Ja, stimmt, indem ich hier lebe, bin ich automatisch Teil davon. Das ist ganz was anderes, als wenn ich etwa in einem Nullachtfünfzehn-Wohnblock in Bern Bümpliz zur Miete wohne. Was Sie uns da erzählt haben, Duonna ...«

»Elvira.«

»... Duonna Elvira, hat mir ... Ach, ich weiß gar nicht, wie ich es sagen soll.«

»Einen metaphysischen Schauder über den Rücken gejagt«, schlug Tristan vor.

Lexi musste lachen.

»Ja, sozusagen.«

»Heißt das etwa, Lexi, du überlegst es dir noch mal?«

Tristan warf ihr einen drohenden Blick zu.

»Nein!«

Auch Lexi sagte Nein, wenn auch zögernd.

»Ich kann doch keinen Laden führen. Nur schon beim Gedanken an die Buchhaltung wird mir übel. Ich hatte ein krasses ›Schlecht bis sehr schlecht‹ in Mathe. Aber etwas muss ich von Ihnen unbedingt noch wissen, Duonna Elvira. Wer war Anna Tina?«

Elvira ließ sich mit der Antwort sehr lange Zeit.

»Anna Tina war irgendwie besonders. Ich hätte schwören können, das ist eine, die Pigna verlässt und die Welt erobert. Nicht, weil sie hübsch war. Das war sie schon auch. Vor allem aber hatte sie dieses … diese …«

»Aura«, schlug Tristan vor.

»Ja, genau, sie hatte etwas von dieser Schauspielerin, die danach Prinzessin wurde oder Fürstin.«

»Grace Kelly.«

Lexi lachte.

»Die Frisur von Mireille Mathieu, die Aura von Grace Kelly und den Rest von Alexandra Siber.«

Elvira fragte: »Wer ist das?«

»Ich.«

»Ach so, ja. Sie, Kindchen, haben Anna Tinas Natürlichkeit, die Figur und das Gesicht. Vor allem die Ohren, Anna Tina hatte genau diese dicken, weichen Ohrläppchen, die man so gern mal drücken würde.«

»Bitte nicht.«

Elvira lachte.

»Schade, aber den Versuch war es wert. Also, und statt

wegzuziehen, heiratet Anna Tina ausgerechnet diesen Robert, der schon eine gute Partie ist, aber gegensätzlicher geht nicht. Die zwei waren wie Himbeer-Meringue und Schinken im Teig. Robert war ein solider, kleiner, aber drahtiger Bursche, jagdbegeistert und Jasskönig. Alle hatten erwartet, dass er auf einen Hof einheiratet, die Bauernmädchen standen schon Schlange. Stattdessen wird er an der Seite einer Traumtänzerin Ladenverkäufer.«

Tristan schätzte: »Prompt ging es schief.«

»Überhaupt nicht! Im Gegenteil, die beiden haben sich wunderbar ergänzt. Das Einzige, was Robert zu schaffen machte, war, dass er Anna Tina nicht in den Griff bekam. Nicht, dass er sie kontrollieren wollte, jedenfalls habe ich davon nie was gehört. Aber zumindest begriffen hätte er sie gern. Meinem Verblichenen gegenüber hat er auf der Jagd immer geklagt, dass sie dauernd Dinge tut, bei denen er sich an den Kopf fasst. Dass sie mit ihrer Cousine tanzen geht oder bis nach Zürich ins Kino fährt, und nicht etwa in den neuesten Blockbuster, oder wie das heißt, sondern in irgendwelche wackeligen Schwarz-Weiß-Filme. ›Sind so alle Frauen?‹, wollte er wissen. Mein Verblichener hat dann immer gesagt: ›Also meine ist anders. Aber wenn du willst, frage ich sie, ob sie deine Anna Tina besser begreift als du.‹ Und das hat er dann irgendwann auch getan, und ich bin rüber und habe Robert aufgeklärt.«

Lexi wunderte sich.

»Aufgeklärt? Worüber?«

»Über das Wesen der Frau natürlich. Erstens darüber, dass jede Frau menstruiert. Über so was hat man damals nicht gesprochen. Und dass sie, wenn sie menstruiert, plötzlich sonderbare Dinge tut. Sie liest stapelweise Bücher und Hefte und heult dabei. Sie verschlingt heimlich Blutwurst. Das war meine Leidenschaft. Oder sie hat Tobsuchtsanfälle und begreift selber nicht, warum. Alles vermutlich eine Folge der Erbsünde.

Zweitens habe ich ihm den Unterschied zwischen Himbeer-Meringe und dem Schinken im Teig vor Augen geführt. Robert, habe ich gesagt, du musst wissen, die Menschen sind verschieden. Nicht nur einer vom anderen, das wirst du auch schon gemerkt haben. Aber manchmal ist jemand verschieden vom ganzen Dorf, obwohl er da aufgewachsen ist. Und deine Anna Tina ist so ein Fall. Wir suchen uns nicht aus, wo wir auf die Welt kommen, und bei manchen hat man unweigerlich den Eindruck, der Storch hat sich bei der Geburt verflogen. Solche Menschen, das lass dir gesagt sein, tragen auf immer eine große Sehnsucht in sich. Entweder sie brechen eines Tages auf, um ihr wahres Zuhause zu finden, oder sie träumen unablässig davon. Offenbar reicht es deiner Anna Tina zu träumen, und das ist dein Glück. Wenn du die Stärke hast, ihr das Vergnügen zu lassen, werdet ihr eine lange, glückliche Ehe feiern.«

Jonin gestand: »Elvira, ich staune. Woher diese Weisheit?«

»Von meinem *bazegner*, meinem Opa, einem Seefahrer. Er war mein Lieblingsverwandter, auch wenn wir uns nur zwei oder drei Mal getroffen haben. Die Wetterfahne auf unserem Dach ist von ihm. Wollt ihr sie sehen?«

Alle gingen hinaus, und tatsächlich: Auf dem Giebel der Bäckerei prangte ein mit Grünspan überzogener Dreimaster mit gehissten Segeln, wehender Fahne und einer großbusigen Nixe als Galionsfigur.

»Meinem Verblichenen war sie zeitlebens ein Dorn im Auge, er fand, ein Schiff in den Bergen, so was gehört sich nicht. Aber ich habe ihm gesagt: An dem Tag, an dem du sie vom Dach nimmst, hast du mich zum letzten Mal gesehen. Jetzt ist er seit zehn Jahren tot, und die Fahne ist immer noch da. Ich auch.«

Lachend spendete sie sich selber Applaus.

»Jetzt muss ich aber wieder heim.«

»Eine Frage noch. Ich habe sie dir heute schon einmal gestellt. Warum der Förster? Ihr müsst wissen ...«

Jonin wandte sich an die Geschwister.

»... Elvira hat heute Morgen behauptet, Anna Tina sei mit dem Förster abgehauen.«

»Das soll ich gesagt haben? Da hast du dich verhört, der Förster kam für sie nie infrage. Eher der Lehrer. Das Dorf hatte damals einen äußerst reizvollen Lehrer, einen jungen Luftikus mit Segelohren wie Jumbo, der fliegende Elefant.«

Jonin schüttelte den Kopf.

»Wann damals?«

»Na, als die Sache passiert ist.«

»Nein, es gab im Dorf nur einen Lehrer, Elvira, und das war auch mein Lehrer, Sar Jachen. Er war eigentlich längst pensioniert und hat noch mit dem Knotenstock unterrichtet. Der Luftikus kam viel später, in den Achtzigern.«

Elvira war verärgert.

»Immer willst du alles besser wissen, Jon Salutt. Das ist sowieso das Problem mit euch Männern. Aber meinen Kuchen isst du!«

»Ja, und du kannst Men sagen, damit sind wir mehr als quitt.«

5

Nachdem Elvira in ihr Haus gegangen war, sagte Lexi zu Jonin:

»Wir brechen auch bald auf. Wann hast du Feierabend?«

»Wir nehmen das hier oben nicht so streng.«

Er dachte, dass er noch den Vertrag durchlesen sollte, um zu erfahren, zu wie viel Prozent er überhaupt angestellt war.

»Aber ich möchte noch den Garten wässern.«

Da wollten die beiden unbedingt mit.

Die Gärten von Pigna liegen als prall bewachsener grüner Gürtel rund ums Dorf. Zu jedem Haus gehört ein Stück, dazwischen liegen Trockensteinmauern, manchmal auch nur lose Steinhaufen oder Pferdemist zur Düngung. Die Gärten sind so alt wie das Dorf, mit knorrigen, krumm gewachsenen Obstbäumen und hoch aufschießenden Himbeerranken. Zwischen den Beeten blühen weiße und rosafarbene Pfingstrosen, hummerfarbener Klatschmohn und violette Lupinen, die Luft vibriert von Bienengesumm.

Während Tristan sich vornahm, einmal auf dem ausgetretenen Pfad, der die Gärten verband, das Dorf zu umrunden, sah Lexi Jonin dabei zu, wie er den Schlauch anschloss und die Beete wässerte.

»Dies alles ist ein Traum«, sagte Lexi schwelgerisch, wobei unklar blieb, ob sie die Gärten meinte oder ganz Pigna. »Hier möchte man seine Kinder großziehen.«

»Kinder haben wir in Pigna leider nur sehr wenige.«

»Wie viele? Zehn? Zwanzig?«

»Zurzeit überhaupt keine.«

»Das kann ich nicht glauben! Es ist der perfekte Ort für jede Familie!«

»Ja, nur gibt es kaum Ausbildungsplätze. Die Jugendlichen müssen fort, um einen Beruf zu erlernen, und dabei stellen sie fest, dass man überall mehr verdient als hier. Dazu kommt, dass das Leben im Unterland hundertmal bequemer ist. Man ist nicht so der Natur unterworfen. Die Menschen in Pigna fühlen sich ohnmächtig, die Natur macht mit uns, was sie will. Vielleicht ist das überall so, aber es ist nicht überall gleich spürbar. Diese Ohnmacht muss nichts Schlimmes sein. Manchen Menschen gibt das Leben inmitten der Elemente im Gegenteil Halt. Aber manche ängstigt es auch. Das Wetter, die Berge, der Zyklus der Jahreszeiten, das sind hier draußen die Mächte, die alles bestimmen. In der Stadt ist die Natur kaum noch spürbar, und wenn einem das Wetter nicht passt, geht man eben ins Kino oder fliegt auf die Malediven.«

Jonin unterbrach sich, weil ihm schien, Lexi kämpfe plötzlich mit Tränen.

»Geht es?«

Sie nickte.

»Die Eindrücke hier sind nur alle sehr heftig. Ich hatte das so nicht erwartet. Rede weiter.«

»Was ich sagen kann: Wer hier oben lebt, fragt sich nicht, was mache ich mit meinem Leben? Wozu bin ich auf der Welt? Was muss ich leisten? Die Berge, der Himmel, die Bäume und die Vögel geben uns jeden Tag die Antwort. Für die Kraft, die in jedem einzelnen Blatt steckt, in jedem Vogellied, braucht es keine Rechtfertigung, die Dinge sind einfach da, von unnützer Schönheit. Unnütz im besten Sinn. So sind auch wir Menschen, jeder Einzelne von uns: schön und unnütz. Teil einer unglaublich verschwenderischen Kraft, die das alles hervorbringt.«

»Und wie heißt diese Kraft?«

Lexi hatte eine belegte Stimme.

Jonin lachte.

»Gar nicht.«

Er drehte den Schlauch ab.

»Was ist, soll ich euch etwas kochen, bevor ihr fahrt? Oder wie wäre es mit einem Salat, frisch vom Beet?«

Er zückte das Messer und erntete einen.

Lexi schüttelte den Kopf.

»Klingt schön, aber ich habe Flurina versprochen, dass ich ihr noch aus den Schuhen helfe. Danach haben wir drei Stunden Fahrt vor uns.«

Sie pfiff durch die Finger.

Von irgendwoher rief Tristan pathetisch:

»Voglio una donna!«

Sie entdeckten ihn hoch oben in einem Nussbaum.

»Dieses Kätzchen wollte ein Vogelnest ausräumen und traut sich jetzt nicht mehr runter.«

Er hielt ein noch sehr junges, zappelndes schwarz-weißes Bündel in die Luft. Dann ließ er es ins Gras fallen und sprang selber hinab. Das Kätzchen rannte fauchend zum nächsten Stachelbeerdickicht und versteckte sich.

Lexi fragte: »Und was war das andere? *La donna*?«

»Nichts, nur ein Zitat.«

Er setzte die Mütze wieder auf, die ihm vom Kopf gefallen war, und ging pfeifend voraus.

Während Lexi Flurina besuchte, half Tristan Jonin, das erste Gefrierfach aufzubohren. Das heißt, er sah zu und stellte viele Fragen. Als sie die Tür endlich öffnen konnten, fanden sie darin zahlreiche Gefriertüten mit etwas wie Erde darin. Die Säcke waren bräunlich verfärbt und miteinander verklebt, auch der Boden des Gefrierfachs war mit einer sirupartigen, eingetrockneten braunen Schicht überzogen. Bei einigen

Beuteln war die Aufschrift in blauem Filzstift noch zu entziffern:

»Geschnetz. Hirsch, Piz Mezdi, 18. 9. 71«

»4 Plätzli Hirsch, Piz Mezdi, 18. 9. 71«

»Goulasch Hirsch, Piz Mezdi, 18. 9. 71«

Jonin öffnete einen der Beutel, fasste hinein und zog eine Handvoll Humus wieder heraus. Auch ein Kotelett-Knochen war dabei, der so morsch war, dass er gleich zerfiel.

»Also keine Leiche«, sagte Tristan enttäuscht.

»Eine Tierleiche eben.«

»Ich bin so weit«, rief Lexi von oben.

Tristan bat: »Wenn du die richtige Leiche noch findest, rufst du an, ja?«

Dann gingen sie hoch, und Jonin untersuchte noch kurz das Schloss der Kellertür, das nicht richtig einschnappte.

Lexi hängte gerade den Verkäuferinnen-Kittel auf einen Bügel an der Tür zum Hinterzimmer und strich ihn liebevoll glatt. Sie wirkte nochmals in sich gekehrter.

»Danke für alles«, sagte sie, als sie Jonin sah. »Es war ein besonderer Tag für mich.«

In einem plötzlichen Entschluss beugte sie sich vor und küsste seine Wangen.

Um seine Verlegenheit zu verbergen, sagte Jonin:

»Ich habe versprochen anzurufen, wenn die Leiche noch auftauchen sollte. Dazu brauche ich eine Nummer.«

Lexi diktierte ihm ihre, damit er sie eintippen konnte. Und noch bevor er durchklingeln sollte, hatte sie den Laden verlassen und ging zum Auto.

»Habe ich etwas Falsches gesagt?«

Tristan zog erst den Blaumann aus, schmiss ihn auf die Theke und schüttelte Jonin die Hand, dann rannte er ihr nach.

»Nein, Jonin, hast du nicht«, rief er. »Das Kind hat Liebeskummer, deshalb sind wir überhaupt hier.«

Jonin löschte das Licht, schloss die Tür ab und ging nach Hause, um die Schnecken vom Salat zu waschen.

Unterwegs schrieb er Mengia eine SMS:

Bin k. o. Komme morgen.

Gefolgt von einem Herzchen.

Mengia antwortete, als er gerade die Schnecken den Katzen verfütterte.

Severin fragt, mit wie viel Prozent Wahrscheinlichkeit.

Severin war einer ihrer beiden Söhne und bei einer Großbank im Bereich Risikokalkulation tätig. Der zweite, Luzian, arbeitete an der Börse. Mit beiden verstand er sich nicht besonders gut.

Auch jetzt wusste er nicht, was er darauf antworten sollte.

So schrieb er nur:

Ja, nicht wahr?

Das war ein Kalauer aus dem Beginn ihrer Ehe, als Mengia ihm noch hatte beibringen wollen, bei schwierigen Gesprächen nicht zu diskutieren, sondern an beliebiger Stelle ein »Ja, nicht wahr?« einzustreuen und damit Frieden herzustellen.

Zum Salat aß er eine Handvoll aufgewärmten Reis, dann ging er nochmals ins Ladenlokal, um das letzte Kühlfach aufzubohren. Er dachte dabei nicht an Lexi, sondern an seinen Vater. Vorhin hatte die bloße Tatsache, dass er nach fünfzig Jahren nochmals mit einem Menschen im Blaumann in diesem Kellergewölbe war, verbunden mit Tristans Entspanntheit, in ihm eine Anspannung gelöst, die er offenbar seit damals in sich getragen hatte. Die Erinnerung an seinen oft grantigen und unberechenbaren Vater war bisher in erster Linie angstbesetzt gewesen, heute hatte er zum ersten Mal Mitgefühl mit ihm gehabt. Das letzte Kühlfach für ihn aufzubohren, war Jonins Art, mit seinem Vater Frieden zu schließen, und er ließ sich Zeit dabei.

So schlug am Kirchturm bereits das sogenannte Knabenglöcklein, das sommers um halb zehn, winters um sechs Uhr streunende Jugendliche daran erinnern sollte, heimzukehren, als Jonin einen Schraubenzieher ins Schlüsselloch steckte, ihn drehte und die Tür aufziehen konnte. Er hatte damit gerechnet, einen weiteren Hirsch zu finden, und zuerst sah es auch so aus. Nur fehlten die Plastiktüten. Der Humus breitete sich gleichmäßig auf dem Boden des Gefrierfachs aus, und als Jonin mit der Handytaschenlampe hineinleuchtete, entdeckte er im kalten Licht gestreifte Stofffetzen. Er erahnte auch Reste eines menschlichen Schädels, die aber, als er sie mit dem Schraubenzieher antippte, sofort zu Staub zerfielen.

»Oje.«

Er machte das Kühlfach behutsam wieder zu.

Er musste Gian anrufen. Dessen Nummer hatte er zu Hause auf einem Post-it-Zettel, der am Anstellungsvertrag haftete. Also schloss er den Laden ab und kehrte heim. Allerdings kam nur die Combox.

»Gian, wir haben eine Leiche im Keller.«

Auf einem zweiten Zettel stand die Nummer von diesem Massimo Capaul, Polizeidebütant im Ruhestand. Doch der hatte nicht mal eine Combox.

Zuletzt rief Jonin die Notfallnummer der Kantonspolizei an.

»Ich bin der neue Gemeindepolizist von Pigna, ich möchte eine …«

»Von wo bitte?«

»Pigna in der Val da Pigna im Engadin.«

»Nie gehört.«

»Jedenfalls habe ich eine Leiche gefunden und weiß nicht, was ich tun muss.«

»Verkehrsunfall?«

»Eher Mord.«

»Moment, ich verbinde.«

Nach einer ganzen Weile nahm ein Herr Friedrich ab, Kriminalpolizei Graubünden, womöglich hatte er Bereitschaftsdienst und schon geschlafen.

»Salutt, Jon. Ich bin Gemeindepolizist in Pigna im Engadin. Ich …«

Friedrich lachte auf.

»Seit wann das denn? Neuerdings hat wirklich jedes Kaff einen eigenen Polizisten.«

»Seit heute. Ich habe eine Leiche gefunden.«

»Gratuliere, schöner Einstieg. Hat schon ein Arzt den Tod festgestellt?«

»Ich glaube nicht, dass das nötig ist. Der Körper ist verwest.«

»Was ist denn noch übrig? Auf jeden Fall muss unser Rechtsmediziner Todesursache und Todeszeitpunkt feststellen. Aber der kommt hier nicht weg, zurzeit haben wir Matthäi am Letzten. Ist die Leiche transportierbar?«

»Ich kann sie in einer Schachtel schicken, das meiste ist Humus, dazu kommen ein paar Knochen.«

»Dann reicht zur Analyse wohl schon eine Prise. Ich kann mich aber nicht erinnern, wann aus Pigna je eine Vermisstenanzeige eingegangen ist.«

»Es müsste ziemlich genau vor fünfzig Jahren gewesen sein.«

»Fünfzehn?«

»Nein, fünfzig.«

Friedrich kriegte sich vor Lachen nicht mehr ein.

»Diese Leiche kannst du dir aufs Erdbeerbeet streuen, Kollege. Selbst wenn es Mord war, ist er längst verjährt. Schreib uns eine Meldung, mach ein paar Fotos, die Medizinhistoriker werden sich freuen.«

»Das heißt, das muss nicht untersucht werden?«

»Doch, müsste, theoretisch. Aber in unserem wirklich riesigen Pendenzenstapel ist jeder einzelne Fall dringender als deiner. Wenn es dir Spaß macht, klär ihn selber auf. Ich habe übrigens, während wir telefoniert haben, im System nachgesehen. In Pigna wurde zuletzt 1923 jemand vermisst gemeldet, zwei Kinder, die sich im Wald verirrt hatten. Sie sind aber noch am selben Tag wieder aufgetaucht. Verbrechen gab es auch keine, nur ein paar Bagatelldelikte wie Fahren in angetrunkenem Zustand oder Missachtung der Deklarationspflicht von Mieteinnahmen. Deliktsbetrag 859 Franken 80.«

»Aber was mache ich denn jetzt?«

»Wo hast du die Leiche gefunden?«

»In einem Tiefkühlfach.«

»Dort soll sie nicht bleiben. Ich komme zurück auf das Erdbeerbeet. Bring sie an ein schönes Plätzchen, Kollege, streu sie aus und sing ihr ein Lied. Jeder Mensch hat eine ordentliche Bestattung verdient. Aber wie geht es dir selber? Brauchst du was, seelische Betreuung oder so?«

»Nein, mit Leichen habe ich öfter zu tun.«

»Dann alles Gute, Herr Dorfpolizist.«

Jonin trank noch ein Bier, dann ging er zu Bett. Er war schon halb eingeschlafen, als Gian durchklingelte.

»Verzeih, habe ich dich geweckt? Ich bin neugierig. Beißt sie an?«

»Wer? Ach so. Hast du meine Nachricht nicht abgehört?«

»Nein.«

»Alexandra Siber ist etwa zwanzig und war entsprechend überfordert, als sie begriffen hat, dass sie nicht nur ein Wohnhaus übernehmen würde, sondern einen Laden führen müsste.«

»Schade, aber nachvollziehbar. Was machen wir jetzt mit dem Haus?«

»Moment, es kommt noch etwas dazu. In einem der Tiefkühlfächer lag eine Leiche.«

»Eine was?«

»Eine menschliche Leiche. Jedenfalls sah es am ehesten nach Mensch aus. Der Schädel ist leider gleich zerbröselt, als ich ihn angetippt habe. Ein Hirsch jedenfalls war es nicht. Außer der Hirsch hätte eine Art Pyjama getragen.«

»Ach, du grüne Neune. Das müssen wir nach Chur melden.«

»Habe ich schon.«

»Wann sind sie in Pigna?«

»Gar nicht. Der Beamte bekam einen Lachkrampf, als ich ihm gesagt habe, dass die Leiche fünfzig Jahre alt sein muss. Was immer geschehen ist, es ist verjährt.«

»Das heißt, wir sollen sie unter den Teppich kehren?«

»Er schlug vor, sie an einem schönen Ort auszustreuen.«

»Ist wenigstens erkennbar, ob es sich um einen Mann oder eine Frau handelt?«

»Nein.«

»Du hast etwas von einem Pyjama gesagt, dann müsste es Robert sein.«

»Frauen tragen auch Pyjamas.«

»Stimmt. Aber wir werden einen Gentest veranlassen.«

Jonin sagte: »Mich beschäftigt mehr die Frage, warum es damals keine Vermisstenanzeige gab.«

Gian zögerte.

»Gab es nicht?«

»Nein, der Kriminalbeamte hat nachgesehen.«

Gian schwieg, dann sagte er: »Komm morgen nach Scuol, die genaue Zeit gebe ich dir noch durch.«

»Was ist dort?«

»Das Pflegeheim meiner Eltern. Bap war damals in Pigna Gemeindepräsident. Stell deine Frage ihm.«

6

Während er mit Gian telefoniert hatte, war Jonin eingefallen, dass er den Geschwistern einen Anruf schuldete, er konnte sich aber nicht überwinden. Lieber wollte er sich melden, wenn er sicher wusste, dass es sich um Robert handelte. Es klänge eben schon ganz anders, wenn er sagen könnte: »Wir haben inzwischen die sterblichen Überreste des Ladenbesitzers gefunden und zur letzten Ruhe gebettet«, als wenn er erklären musste: »In einem Kühlfach liegt eine völlig verrottete Leiche, die sich bestenfalls anhand ihres Erbguts identifizieren lässt.« Und vielleicht wäre das auch gar nicht wahr. Jedenfalls nahm er sich, als er zu Bett ging, vor, die Leiche noch genauer zu untersuchen.

Diese Nacht schlief er tief und traumlos, nur einmal wachte er kurz auf, weil er das einsame Bimmeln einer Glocke hörte. Offenbar hatte eine Kuh unterwegs zur Alp Heimweh bekommen und wieder kehrtgemacht.

Um sechs Uhr hatte er gefrühstückt und die Katzen gefüttert. Im Materialraum der Schule holte er zwei Scheinwerfer mit Stativ, steckte den Zollstock ein und ging zum Laden, um Fotos zu machen – gut ausgeleuchtet, aus allen Perspektiven, mit Maßangaben. So, wie er sich ordentliche Polizeifotos vorstellte. Die Kühlwand in der Übersicht, das betreffende Fach mit allen Details, der Keller als Ganzes, die Treppe, der Schotterboden. Er bildete sich nicht ein, dass man nach fünfzig Jahren noch irgendwelche Spuren eines Verbrechens erkennen würde. Doch man sollte ihm nicht nachsagen können, er hätte geschlampt.

Gegen neun Uhr war er damit fertig, schloss den Laden und holte in der Bäckerei ein Gipfeli, bestand aber darauf, zu zahlen. Er aß es auf dem Brunnenrand sitzend und sah den Schmetterlingen zu, die auch heute den Hagebuttenstrauch umflatterten, bis der Linienbus sie verscheuchte. Es handelte sich um einen Minibus mit Platz für ein Dutzend Personen, der im Sommer alle zwei Stunden von Scuol über Zernez nach Pigna fuhr, die Giassa Maistra entlang und wieder aus dem Dorf hinaus. Danach klapperte er noch die Bauernhöfe ab, die auf dem schmalen Talboden rings um den Hügel verstreut lagen, dann kehrte er nach Zernez zurück. Im Winter fuhr er seltener, rund viermal täglich, und je nach Wetterlage machte er schon am Fuß des Hügels kehrt.

Oft fuhr der Bus ohne Stopp durch die Giassa Maistra. Diesmal hielt er an der Haltestelle beim Brunnen, Jonin grüßte gedankenverloren den Fahrer, wie man das hier so tat, und widmete sich wieder dem Gipfeli und seinen Gedanken, die um den Nährwert von Humus aus menschlichen Überresten kreisten. Als er das nächste Mal aufsah, war der Bus fort, und schmal und fröstelnd stand Lexi an der Haltestelle, die Hände vor dem Schoß gefaltet, im selben dünnen Sommerkleid vom Vortag und mit keinem weiteren Gepäck als einer winzigen Umhängetasche.

»Da bin ich wieder.«

Sie versuchte ein Lachen.

»Tristan musste zurück, aber ich habe es nicht fertiggebracht abzureisen. In Zernez habe ich mich absetzen lassen und ein Zimmer genommen.«

Ihr Anblick rührte Jonin, am liebsten hätte er sie umarmt. Weil er selber keine Jacke trug, die er ihr hätte borgen können, ging er hinein und holte Anna Tinas Kittel.

»Danke.«

Sie schlüpfte hinein.

»Die Sonne tut gut. Im Bus hat es so furchtbar gezogen.«

»Warum bist du wieder hier?«

Wider Willen klang seine Frage fast vorwurfsvoll.

»Ich hätte dich eben doch anrufen sollen, dann hättest du dir die Reise sparen können. Es gibt nämlich wirklich eine Leiche.«

Lexis Augen weiteten sich.

»Im Haus?«

Er nickte.

»Wahrscheinlich die von Robert, Anna Tinas Mann.«

Sie reagierte aber nicht, wie er erwartet hatte.

»Darf ich sie sehen? Bitte, bitte! Ich habe noch nie eine Leiche gesehen.«

»Ich weiß nicht, ob das eine so gute Idee ist.«

»Ist der Anblick so eklig? Wurde er geköpft? Aufgeschlitzt? Verbrannt?«

»Das kann ich nicht sagen. Er ist nur noch eine Handvoll Knochen und ein Häufchen Erde.«

»Schade, aber ich will ihn trotzdem sehen. Immerhin ist es mein Haus, nicht wahr? Jedenfalls mehr als deines.«

»Es ist jetzt aber auch vielleicht ein Mörderhaus.«

»Jonin«, sagte sie vorwurfsvoll, »ich bin jung, aber nicht naiv. Und ich habe zwei Semester Geschichte hinter mir. In diesen alten Häusern ist es nun mal so, dass darin geboren und gestorben wurde. Kinder wurden geschlagen, Ehefrauen vergewaltigt, es gab Seuchen, und Männer, Frauen wie Kinder haben sich zu Tode geschuftet. In Pigna und überall.«

Natürlich hatte sie recht.

»Also schön, komm mit.«

Jonin ging vor ihr in den Keller und stellte einen Scheinwerfer wieder auf.

Schweigend betrachtete Alexandra im gleißenden Licht die Knochenreste, Stofffetzen und vermoderten Weichteile.

»Tristan fiele jetzt sicher ein Spruch aus *Hamlet* ein.«

»Als ich das Fach aufgemacht habe, war da noch der Teil eines Schädels. Aber der ist inzwischen zerfallen.«

Mit einem Seufzer wandte sie sich ab.

»Und was tun wir damit?«

»Du brauchst dich um überhaupt nichts zu kümmern. Ich will die Überreste noch genauer untersuchen, und sobald ich sicher bin, dass es sich um Robert handelt, organisiere ich irgendeine Form von Bestattung.«

»Ist das nicht Sache der Kriminalpolizei? Die Untersuchung, meine ich.«

Jonin schüttelte den Kopf.

»Die Leiche ist fünfzig Jahre alt, die schlimmsten Taten verjähren nach dreißig. Die Kripo hat nicht die Kapazitäten, verjährte Fälle zu verfolgen. Der Beamte am Telefon hat mir aufgetragen, alles zu dokumentieren, und das habe ich getan. Vielleicht tun sie mir den Gefallen und führen eine Genanalyse durch, aber ich fürchte, auf das Ergebnis warten wir Wochen, wenn nicht Monate.«

»Und deshalb untersuchen wir jetzt selber, was da liegt.«

»Ich untersuche.«

»Sei kein Spielverderber! Tristan wird sich in den Bauch beißen, wenn er hört, dass ich eine echte Leiche seziert habe.«

»Gesiebt. Also meinetwegen, dann komm.«

Sie holten in Jonins Garten zwei Rüttelsiebe für Kompost, ein grobes und ein feines.

»Gehört zu Anna Tinas Haus eigentlich auch ein Garten?«

Jonin wusste es nicht.

Nachdem er aber Corsin angerufen hatte, den Gemeindeschreiber, erzählte er:

»Ja, ein Garten gehört zum Haus. Um die Jahrtausendwende fand allerdings eine Dorfmelioration statt, Landparzellen wurden zusammengelegt und neu verteilt, weil vorher alles furchtbar kleinteilig war. Weil sich für den Besitz von Anna Tina kein Berechtigter gemeldet hat, kam ihr Gartenland in ein Sammelgrundstück, von dem man der Eigentümerin des Hauses ein Stück abschneiden würde.«

»Wo liegt dieses Sammelgrundstück?«

Jonin führte sie zu einem kleinen Hain, der ganz mit schwarzem Holunder überwachsen war. Die Pflanzen waren ungewöhnlich gezogen, nicht als Büsche, sondern als Bäume mit schmalen, gut mannshohen Stämmen und breiten, flachen Kronen, die sich zu einem großen Dach zusammenschlossen, unter dem man flanieren konnte wie in einer Laube. Momentan trugen die Bäume Dolden voller cremeweißer Blüten, die nach Rasierwasser dufteten, und über den Kronen surrten unzählige Bienen.

»Höchste Zeit, Holunderblütengelee zu kochen.«

Er brach sich gleich einige Dolden.

»Das halbe Dorf bedient sich hier, im Juni oder Juli ernten wir die Blüten, im Herbst die Beeren. Hier stehen genug Bäume für das gesamte Engadin.«

Lexi war von der Schönheit und dem Duft so betört, dass sie erst nach einer Weile sprechen konnte.

»Was davon gehört mir?«

Jonin antwortete vorsichtig.

»Zu Anna Tinas Haus gehört ein Viertel. Welches, ist noch offen.«

Sie machten sich auf den Rückweg.

»Meinst du«, fragte Lexi verträumt, »ich könnte mein Gärtchen auch in der Mitte aus dem Holunderhain herausschneiden, sodass man ringsum weiter flanieren könnte?«

»Wie in einem Kreuzgang? Gut möglich, besprich das mit Corsin. Aber hast du dich nicht gestern gegen das Haus entschieden? Und mit guten Gründen, nehme ich an.«

Sie stöhnte.

»Ja, natürlich, der Kopf spricht ganz klar dagegen. Aber der

Kopf ist auch der einer Einundzwanzigjährigen, mein Herz ist viel älter, musst du wissen. Und das Herz sagt: Hier bin ich zu Hause.«

»Trotz Leiche im Keller?«

»Dem Herzen ist die Leiche völlig egal. Eigentlich dem Kopf auch. Der hat folgende Probleme: Erstens kann ich noch nichts, und wenn ich mir mit dem Laden, sagen wir, fünf Jahre Zeit gebe und auf die Schnauze falle, bin ich danach sechsundzwanzig und kann immer noch nichts. Bis ich dann einen Beruf gelernt habe, bin ich dreißig, und wer stellt mich dann noch ein?«

Jonin hätte gern widersprochen, aber wenn er sich seine Söhne ansah, konnte er nicht ausschließen, dass die Welt heutzutage tatsächlich so tickte.

Lexi fuhr fort.

»Zweitens ist da wie gesagt die Sache mit der Buchhaltung. Ich kriege die Krätze, wenn ich nur daran denke.«

»Hier kann Mengia vielleicht helfen. Sie ist meine Frau und gelernte Buchhalterin. Sie wäre nicht unglücklich, wenn sie im Dorf wieder eine Beschäftigung hätte. Falsch, *ich* wäre nicht unglücklich.«

»Ich weiß nicht, ob ich mir Angestellte leisten kann.«

»Das wird sie dir schon ausrechnen.«

»Aber drittens will ich ja nicht mit dem Laden hier alles durcheinanderbringen. Ihr habt ja eine Bäckerei, einen Kiosk, eine Post und bestimmt noch mehr, denen ich nicht Konkurrenz machen will. Was kann ich anbieten, was ihr noch nicht habt? Das ist vielleicht das größte Problem.«

Das sah Jonin ein.

»Wobei Tristan versprochen hat, sich etwas einfallen zu lassen, und in der Regel kann man sich auf ihn verlassen. Nur möglich, dass seine Idee zu versponnen ist. Ziemlich sicher sogar.«

»Das macht nichts, versponnene Ideen haben bei uns gute Chancen.«

»Aber bringen sie auch Geld ein?«

»Man braucht hier nicht viel Geld.«

»Das sagt sich so leicht. So ein Haus muss geheizt werden, versichert, es braucht Strom, und sicher ist andauernd was kaputt. Ich muss Waren kaufen, deine Frau bezahlen, Steuern zahlen, mich irgendwie ernähren …«

Inzwischen standen sie wieder vor dem Laden.

»Vermutlich hast du recht, Lexi. Aber eben, das war der Kopf. Und was sagt inzwischen das Herz?«

Sie strahlte.

»Das Herz hüpft, sobald ich dieses Haus sehe. Es hat im Garten gehüpft. Es hat die ganze Zeit im Bus gehüpft.«

»Das klingt vielversprechend. Die Frage ist nur, wie lange hält das an.«

Schlagartig wurde Lexi wieder traurig.

»Oh, leider ist mein Herz furchtbar beständig. Das ist überhaupt mein größtes Problem.«

Jonin fragte nicht nach.

Im Laden nahm er einen Kochtopf aus dem Regal, füllte ihn am Brunnen mit Wasser und legte die Holunderdolden ein. Lexi suchte im Hinterzimmer einige flache Schachteln heraus, in die sie die sterblichen Überreste sieben konnten. Danach knieten sie sich im Keller auf den Schotterboden, Jonin schüttete mit einer Kehrschaufel die Leiche in kleinen Portionen ins grobe Sieb und rüttelte sanft, bis alles Kleinteilige durch die Maschen in die erste Schachtel gefallen war. Im Gitter blieben allerlei Knochen zurück, die sie als Teile des Schädels und des Beckens, der Oberschenkel und des Kiefers identifizierten, außerdem die Stofffetzen. Danach wiederholte er die Prozedur mit dem feineren Sieb, in ihm blieben weitere Knochenstücke hängen, lose Zähne und ein Ring.

Jonin erhob sich und ging hinauf zum Brunnen, um ihn abzuwaschen, Lexi wollte währenddessen die Restmasse untersuchen. Sie folgte ihm gleich darauf mit einem sonderbar geformten Zahn, der sich, nachdem sie ihn unter den Wasserstrahl gehalten hatte, als Goldimplantat herausstellte.

»Das ist doch mal ein starkes Indiz.«

Jonin klingelte bei Elvira.

Als sie sich aus dem Fenster lehnte, fragte er:

»Weißt du vielleicht, ob Anna Tina einen Goldzahn hatte?«

»Sachen fragst du! Anna Tina nicht, aber Robert. Der Zahn war sein ganzer Stolz.«

Im Ehering stand zudem eingraviert: *Anna Tina & Robert s'han fats spus.* Haben sich verlobt.

Lexi wunderte sich.

»Warum trägt er nicht den Ehering? Waren sie womöglich noch nicht verheiratet?«

Offenbar nicht.

Alexandra probierte ihn an, aber er schlenkerte sogar noch an ihrem Daumen.

»Also, ein Frauenring ist das nicht.«

Und damit schien der Fall bereits gelöst. Zumindest vorläufig.

Sie setzten sich auf den Brunnenrand und sahen den Schwalben bei der Jagd zu.

Jonin sagte: »Eigentlich beginnt die Arbeit jetzt erst. Wir müssen herausfinden, wie er gestorben ist. Das dürfte schwerer werden.«

Alexandra blinzelte mit zusammengekniffenen Augen in die Sonne.

»Was steht denn zur Auswahl?«

»Dass sie ihn umgebracht hat, kann ich mir schlecht vorstellen, selbst wenn es Notwehr gewesen sein sollte. Er war sicher um einiges stärker als sie.«

»Na, hör mal! Sie könnte ihn von hinten erschossen, im Schlaf erdrosselt, vergiftet haben … Wir Frauen sind nicht so wehrlos, wie ihr Männer immer glaubt.«

»Gut, das nehme ich zur Kenntnis. Trotzdem ist es statistisch gesehen wahrscheinlicher, dass er einen Unfall hatte.«

»Mag sein, aber warum räumt sie dann die Leiche weg?«

»Ja, und warum haut sie ab?«

»Vielleicht im Schock. Im Schock tut man die blödesten Dinge, das weiß ich aus eigener Erfahrung.«

»Aber irgendwann hört doch so ein Schock auch auf. Warum ist sie dann nicht zurückgekommen oder hat angerufen und die Sache geklärt?«

»Vielleicht hat sie das ja getan, und es wurde nur nicht an die große Glocke gehängt.«

Jonin nickte.

»Guter Gedanke. Das könnte erklären, warum es keine Vermisstenanzeige gab.«

»Gab es nicht?«

»Keine Anzeige, keine Fahndung, nichts.«

»Interessant.«

Lexi löste ihr Halskettchen, hängte den Ring daran und band es wieder um. Dann sprang sie auf.

»Ich habe Hunger. Wollen wir doch mal sehen, ob es in meinem Laden auch etwas Essbares gibt.«

7

Jonin folgte ihr.

»Wir können bei mir etwas kochen.«

»Nicht nötig.«

In den Regalen fand sie Linsen, Reis, Anissamen und Salz, was alles noch gut brauchbar schien. Linsen und Reis wusch sie sorgfältig am Brunnen, dann schüttete sie von allem in einen Topf, tat Wasser dazu und stellte es in der Wohnung bei kleiner Flamme auf den Herd.

»Was genau soll das geben?«, fragte Jonin, als sie wieder herunterkam.

»Eine Art Kichari, das ist ayurvedisch. Jetzt fehlt uns nur noch ein gutes Fett, am besten Butter.«

»Darf ich die beisteuern?«

»Gern, aber es hat noch Zeit. Zuerst sollten wir Robert irgendwo zwischenparken. Wie machen wir das?«

Schließlich fanden sie eine schöne alte Keksdose. Jonin schüttete sorgfältig Roberts Überreste hinein, danach trug Lexi sie in die Wohnung, entfernte alle Bücher bis auf den Rilke aus dem Regal, platzierte Robert und legte den Rilke obenauf. Davor schlug sie ihn auf und las vor:

»›Ich bin zu Hause zwischen Tag und Traum.‹ Für Robert zur Verlobung. Anna Tina. Pigna, 3. September 1966.«

Sie waren sechs Jahre lang verlobt gewesen.

Jonin fiel ein, dass er Mengia anrufen wollte, das konnte er gut mit einem kurzen Gang nach Hause verbinden.

»Wir essen gerade, Jonin. Hast du denn noch vor zu kommen?«

»Na ja, vorläufig bin ich im Dienst.«

»Als Polizist?«

»Ja, genau.«

»Und was tust du als Polizist?«

»Das zu erklären würde etwas dauern, und ihr esst gerade. Vielleicht telefonieren wir später in Ruhe?«

»Ja, das sollten wir tun. Hast du die Katzen gefüttert?«

»Ja.«

»Und selber etwas gegessen?«

»Ich esse nachher ayurvedisch.«

Er freute sich, das sagen zu können.

Mengia stutzte.

»Wo gibt es in Pigna ayurvedisch?«

»Im alten Dorfladen neben der Bäckerei.«

»Seit wann ist der wieder auf? Und wer führt ihn?«

»Er ist nicht auf. Die neue Besitzerin heißt Lexi. Wobei noch nicht entschieden ist, ob sie ihn wirklich übernimmt. Aber dein Essen wird kalt.«

»Wir essen Wurstsalat. Es ist viel zu schwül für warmes Essen. Und langsam werde ich neugierig.«

Jonin genoss die laue Brise, die durch die Gasse wehte.

»Ich will dir aber alles in Ruhe erzählen.«

»Gibt es da so viel zu erzählen?«

Er lachte fröhlich.

»Du bist doch nicht eifersüchtig?«

»Müsste ich?«

»Eifersüchtig? Nein, neidisch vielleicht. Ich sage nur: *Ich bin zu Hause zwischen Tag und Traum*. Und jetzt lege ich auf. Ruf mich an, sobald du etwas Zeit hast.«

Lexi balancierte im Schneidersitz auf dem Brunnenrand und vernähte einen Riss in ihrem Kleidsaum. Offenbar war sie irgendwo hängen geblieben. Als sie ihn kommen sah, biss sie den Faden durch, stand auf und reckte sich.

»Danke«, sagte sie, als er ihr die Butter gab, versorgte die Nadel in einem kleinen Nähset, das Nähset im Regal, dann ging sie hoch.

»Kann ich etwas helfen?«, rief er ihr nach.

»Du kannst dir die Hände waschen, wir essen gleich.«

Er wusch sich am Brunnen die Hände und las eine Nachricht von Gian, dann kam sie auch schon wieder heraus, reichte ihm einen Teller mit einer Pampe und einen Löffel und setzte sich wieder auf den Brunnenrand.

Er kostete vorsichtig, aber die Pampe schmeckte erstaunlich gut. Sie war bestreut mit wildem Schnittlauch, den Lexi wohl unter den Birken hinter dem Parkplatz gefunden hatte, und hatte in der Mitte einen kleinen Buttersee.

»Wie kommt man darauf, so was zu kochen?«

»Meine Mutter hatte eine ayurvedische Phase, nach der Phase mit Trennkost und vor der mit intuitivem Essen. Dabei habe ich gemerkt, dass es mir guttut, und koche jetzt oft so. Früher hatte ich viel Bauchweh, jetzt überhaupt nicht mehr.«

Danach aßen sie schweigend, hörten der Amsel beim Zwitschern zu, und mit jedem Löffel schmeckte es Jonin besser. Als der Teller leer war, fühlte er sich ganz beglückt.

»Das wäre etwas für deinen Laden. Ein Mittagstisch mit einfachem, gesundem Essen.«

Sie lachte.

»Und wer will so was?«

»Ich.«

»Für dich koche ich auch so.«

»So solltest du nicht denken.«

»Warum nicht? Die Amsel singt auch umsonst.«

Jonin fiel wieder das Rilke-Zitat ein: »Ich bin zu Hause zwischen Traum und Tag.« Irgendetwas hinderte ihn aber daran, es laut auszusprechen.

Stattdessen sagte er: »Ich treffe heute in Scuol den damaligen Gemeindepräsidenten. Möchtest du mitkommen? Du hast vielleicht auch Fragen an ihn.«

»Das würde ich sehr gern, aber ich will mir bei Flurina Fotos von damals ansehen. Gestern hatte ich dafür keine Zeit.«

»Das interessiert wiederum mich. Wenn wir nicht bummeln, schaffen wir beides.«

Sie spülten die Teller im Brunnentrog aus, stellten sie hinein und gingen über die Straße.

»Klingeln nützt hier nichts.«

Jonin stieß die Tür auf und ging voraus. Das Treppenhaus war steil und überaus eng, jede Stufe hatte ein anderes Maß, und je höher sie kamen, desto intensiver roch es nach einer Mischung aus Sauerkraut, Jauche, Patschuli und Hasch, und desto lauter wurde die Musik: Es lief Frank Zappas »Titties and Beer«. Sie kamen an einem Etagenklo vorbei, auf dessen Tür mit Filzstift stand: *Wie lang eine Minute sein kann, hängt davon ab, auf welcher Seite der Tür du bist*, und an stapelweise Schachteln von Aufbackpizza vorbei erreichten sie Flurinas Küche. Sie war leer.

Lexi rief gegen die Musik an:

»Oh, hier ist es viel ordentlicher als gestern.«

»Vermutlich war heute die Spitex da. Hast du Theo schon kennengelernt?«

Lexi schüttelte den Kopf.

»Ich war nur kurz hier in der Küche und habe Flurina die Schuhe ausgezogen. Sie hat mich ausgeschimpft, dass ich nie Zeit hätte, mir die Fotos anzusehen. Aber ich will auch nicht stören.«

»Ach was.«

Jonin ging durch die Küche hindurch und schob eine Tür auf, dahinter lag ein völlig verqualmtes und überfülltes

Schlafzimmer. Eine Jamaika-Fahne bauschte sich unter der Decke, die Holzwände waren mit Makramee verhängt, und auf einem orangefarbenen Kunststoffhocker brannte eine Lavalampe. Auf dem Fußboden lagen Kleidungsstücke und Abfall verstreut, und ein schmaler Rollstuhl stand neben dem Bett. In ihm lag wie aufgebahrt, umgeben von zahllosen Kissen, ein Mann mit Vollbart, Haarzöpfen und muskulösen Armen voller Tattoos und skandierte mit der Musik:

»*I'm a simple person, you know. I have very small desires in life. Titties 'n' beer, you know.*«

Als er Jonin und Lexi entdeckte, schaltete er den Plattenspieler aus, der neben ihm auf der Matratze lag, und grinste Jonin an.

»Ist es also doch wahr? Du bist unter die Polente gegangen? Bist du hier, um uns zu verhaften, oder rauchst du mit uns eine Tüte?«

Ohne eine Antwort abzuwarten, rief er: »He, Fluffy-Mäuschen, wir haben Gäste.«

Flurina lag quer über einem ledernen Sitzsack und schlief. Es nützte auch nichts, dass er ein Kissen nach ihr warf.

»Weder noch«, antwortete Jonin währenddessen. »Aber Lexi wollte sich von Flurina Fotos zeigen lassen.«

Lexi ergänzte: »Fotos von Anna Tina.«

»Ach, du bist das. Flurina war gestern ganz aus dem Häuschen, dass du endlich zurück bist.«

»Anna Tina war meine Großtante. Ich war vorher noch nie in Pigna.«

»Geschenkt.«

Theo schlug die Decke zurück, schwang sich aus dem Bett und in den Rollstuhl. Er hatte keine Beine mehr. Lexi hielt sich vor Überraschung die Hand vor den Mund.

Theo steuerte äußerst geschickt durch den Kleiderwust zu einer Kommode, griff sich ein Fotoalbum, das er zwischen

Beinstumpf und Sitzfläche klemmte, dann fuhr er weiter in die Küche.

»Setzt euch.«

Sie ließen sich um den Küchentisch nieder, und Theo schlug das Album auf. Es war zerfleddert, an vielen Bildern fehlten die Fotoecken. Das meiste waren Kinderfotos.

Während er nach einer bestimmten Aufnahme suchte, sagte er:

»Das hier war alles vor meiner Zeit. Als ich Fluffy kennengelernt habe, war sie schon fünfunddreißig. Hier, das ist sie mit fünfzehn, war sie nicht eine scharfe Braut? Ich habe immer bereut, dass wir uns so spät getroffen haben. Aber man soll nichts verschreien. Dann hatten wir diesen Unfall, und seither ist sie auf ewig siebzehn Jahre jung. Unser Leben ist eine endlose Party. Habe ich nicht ein Riesenschwein?«

Er grinste.

Lexi fragte betroffen: »Was für ein Unfall?«

»Autounfall. Unser Kleiner war gleich tot, mir hat es die Beine zerquetscht. Flurina hatte äußerlich nichts, keinen Kratzer. Aber ihr Kopf wollte nicht damit leben, dass der Kleine tot war, also ist sie in der Zeit dorthin zurückspaziert, wo sie wohl am glücklichsten war.«

Lexi hatte Tränen in den Augen.

Jonin auch, obwohl er die Geschichte schon oft gehört hatte.

Lexi fragte: »Wie hieß das Kind?«

»Hendrik. Wir wollten Hendrix, aber das ging nicht. Er war zwei und ein ganz schön wilder Racker. Wir hatten zehn Jahre gebraucht, bis Fluffy endlich schwanger wurde.«

Dann hatte er das Foto gefunden.

»Hier ist sie gerade siebzehn. Die in der Mitte ist Fluffy, die links Anna Tina. Müsste ich nicht erwähnen, sorry, ihr seht euch wirklich sehr ähnlich.«

Lexi betrachtete das Foto, das auf einem Fest aufgenommen worden sein musste. Flurina hatte Korkenzieherlocken, die ein goldfarbenes Stirnband mehr bauschte als bändigte, eine Tunika aus Batikstoff und Ledersandalen mit Riemen, die kreuzweise bis unters Knie reichten, während Anna Tina gänzlich ungeschminkt wirkte, himmelblaue Hosen mit weitem Aufschlag, einen senfgelben Rollkragenpullover und einen äußerst eng geschnittenen Sakko in Schottenmuster trug, der sie noch schmaler wirken ließ. Die Frisur erinnerte an Cleopatra, und während Flurina über beide Backen grinste, machte Anna Tina ein ernstes, vielleicht auch gelangweiltes Gesicht.

»Wie alt mag sie hier sein? Zwanzig?«

»Fluffy ist Jahrgang siebenundfünfzig.«

»Oh, dann ist sie viel älter!«

Lexi rechnete.

»Anna Tina war achtzig, als sie starb. Zweiundzwanzig … achtundfünfzig … zweiundvierzig … Dann ist sie hier etwa zweiunddreißig, Donnerwetter.«

Sie sah sich noch zwei weitere Fotos von derselben Party an.

Dann sagte Jonin: »Wir müssen los, sonst schaffen wir es nicht mehr auf vier Uhr nach Scuol.«

Auf dem Weg zum Auto sagte Lexi nachdenklich:

»Eigentlich könnte Theo Flurina doch bestimmt die Schuhe binden. Warum tut sie wohl so hilflos?«

Jonin zuckte mit den Schultern.

»Vielleicht will er nicht. Oder sie mag es, wenn die Leute sich vor ihr verbeugen. Nein, ich glaube, der Grund ist: Die Schuhe standen auf dem unteren Treppenabsatz, da kommt Theo schlecht hin. Früher habe ich ihn manchmal zu einer Untersuchung ins Krankenhaus gefahren, aber seit er zweimal die Treppe heruntergefallen ist, beide Male mit schweren Folgen, geht er auch nicht mehr aus dem Haus.«

Lexi sah ihn ungläubig an, dann brach sie unvermittelt in Tränen aus.

»Das wird ja alles immer schrecklicher! Und trotzdem ist er so gut drauf! Oder tut er nur so?«

»Ich glaube schon, dass es echt ist, sie hatten auch andere Zeiten. Außerdem hilft wohl das Kiffen. Das ist ihm übrigens ärztlich verordnet.«

Lexi konnte schon wieder lachen.

Staunend sagte sie: »Was ein Mensch nicht alles wegstecken kann!«

»Ja, und interessanterweise geht es ihm seit den Stürzen besser als vorher. Als hätte er mit etwas abgeschlossen. Sie könnten ja umziehen in eine einfachere Wohnung. Aber das will er gar nicht. Er lebt mit Flurina da oben wie in einem Baumhaus, hört seine Plattensammlung rauf und runter und ist zufrieden.«

Damit hatten sie das Auto erreicht und stiegen ein.

Jonin startete den Motor.

»Ich habe übrigens gelesen, dass man mehr Schicksalsschläge aushält, wenn man damit nicht allein ist. Menschen in einer guten Beziehung zerbrechen nicht an ihrem Unglück, sondern wachsen daran. Was das heißt, eine gute Beziehung, habe ich vergessen, oder es stand da nicht. Aber zwischen Theo und Flurina scheint es in dieser Hinsicht zu funken.«

Lexi dachte nach.

»Ich kann mir denken, dass es hilft, einen Menschen an der Seite zu haben, der einem den Kopf zurechtrückt, wenn man in Selbstmitleid versinken möchte.«

Sie sagte es, als spräche sie aus Erfahrung.

Jonin nickte, während er elegant die Passkurven schnitt.

»Darf ich etwas kitschig werden? Hier oben braucht man dazu keinen Menschen. Die Berge sind hervorragend darin, uns den Kopf zurechtzurücken. Jeden Morgen, wenn ich aufstehe und sie stehen so massig und unerschütterlich vor dem

Fenster, kann ich nicht anders, als zu denken: Ihr Berge seid ja so viel stärker als wir! Ihr wart schon Ewigkeiten hier, bevor es überhaupt Menschen gab, und Ewigkeiten, nachdem die Menschheit verschwunden ist, werdet ihr immer noch da sein. Da bilden wir uns so furchtbar viel auf unsere Macht und Klugheit ein, dabei sind wir nur ein Wimpernschlag in eurer Existenz. Nein, wir haben wirklich keinen Grund, überheblich zu werden.«

Lexi lächelte.

»Das ist bestimmt ein gutes Mittel gegen Überheblichkeit. Aber hilft es auch gegen Katzenjammer?«

Jonin dachte nach.

»Demut, würde ich sagen, ist das beste Mittel gegen Katzenjammer.«

»Das würde aber heißen, Katzenjammer ist eine Form von Überheblichkeit. Das lasse ich nicht gelten.«

Jonin nickte.

»Du hast recht, das wäre wohl falsch. Aber versuchen wir es so: Je schlechter es mir geht, desto enger ist mein Blickfeld. So weit einverstanden?«

»Ja.«

»Ich würde sogar behaupten, das ist so tief in unseren Genen verankert, dass nichts dagegen hilft. Wenn es mir dann wieder besser geht, weitet sich der Blick, bis ich schließlich erkenne, dass jedes Elend, genauso wie jedes Glück, flüchtig ist. Das ist der Moment der Heilung. Und diese Wendung weg vom verengten Blick und hin zum weiten Horizont, die lässt sich trainieren, lange vor dem Ernstfall.«

»Indem ich prophylaktisch jeden Morgen die Berge ansehe?«

»Prophylaktisch oder zum bloßen Vergnügen. Damit lässt sich Katzenjammer im besten Fall verhindern, im schlechtesten stellt er sich zwar ein, aber dank den Bergen finde ich schneller wieder heraus.«

Lexi lehnte sich lächelnd zurück und betrachtete entspannt die sonnendurchfluteten Baumwipfel, die über sie hinwegglitten.

»Doch, das gefällt mir. Hat deine Philosophie schon einen Namen?«

Jonin errötete leicht.

»Das ist keine Philosophie, höchstens eine Marotte.«

»Sei nicht so bescheiden. Das ist eine waschechte Philosophie, und nicht die dümmste. Mit dem richtigen Label könnten wir richtig Kohle damit machen.«

»In deinem Laden?«

Sie musste lachen.

»In Fläschlein verpackt: Jonins Philosophie alpiner Gelassenheit. Nein, ich dachte nicht an eine Ware, sondern an Kurse. Anti-Katzenjammer-Retreats. Geplagte Städter kommen nach Pigna, um die Berge anzusehen und sich von Theo und Flurina ein Scheibchen Demut abzuschneiden.«

Jonin lachte auch.

Dann wurde die Straße schlechter, es wimmelte von Schlaglöchern, und er musste sich aufs Fahren konzentrieren. Erst als sie auf die Kantonsstraße einbogen, sagte er:

»Jetzt kann ich wieder zuhören. Beschäftigt dich noch etwas?«

Lexi schüttelte den Kopf.

»Nichts, worüber ich reden möchte.«

Dann sah sie ihn schalkhaft an.

»Und wie steht es mit dir? Oder hat ein Mann wie du keine Probleme mehr im Leben?«

»Oh doch, sogar zwei. Sie heißen Hercule und Poirot. Aber mit denen rücke ich erst raus, wenn du nach Pigna gezogen bist.«

8

Jonin hatte erwartet, dass Gian ihn in der Altersresidenz erwarten und zu seinem Vater begleiten würde. Es war wohl zehn Jahre her, dass das Ehepaar Perl Pigna verlassen hatte, um ins Heim zu ziehen, und Jonin hatte an sie nur verschwommene Erinnerungen. Doch Gian war nirgends zu entdecken und nahm auch das Telefon nicht ab. Am Empfang erfuhren Jonin, dass Flurin Perl ihn in der Cafeteria erwartete.

Es war ein paar Minuten nach vier, als sie eintraten, alle Tische waren besetzt. Gians Vater war trotzdem unübersehbar. Einerseits, weil er mit seiner hochgewachsenen, aufrechten Gestalt die anderen Heimbewohner um einen Kopf und mehr überragte. Zudem trug er unverkennbar Gians Gesichtszüge. Besonders auffällig waren die wachen, gutmütigen Eulenaugen, mit denen er unverrückt zur Tür hin spähte. Im Unterschied zu Gian hatte er volles graues Haar.

»Verzeihen Sie, dass ich Sie habe warten lassen, Sar Flurin. Es gab zwischen Gian und mir ein Missverständnis.«

Perl ging darauf nicht ein. Ganz Gentleman, erhob er sich, um Lexi den Stuhl zurechtzurücken, dann schüttelte er Jonin die Hand.

»Zu meiner Zeit hatte Bigna noch keinen Polizisten nötig. Und die Dame, Jonin? Ist das deine Tochter?«

»Nein, das ist Duonna Alexandra, sie hat den Dorfladen geerbt.«

Perl schien ihn nicht verstanden zu haben. Er schraubte an seinem Hörgerät, dann beugte er sich vor und rief:

»Um vier Uhr versteht man hier kein Wort. Ich dachte, wir treffen uns oben. Aber meine Frau ist unpässlich.«

Jonin rief nun ebenfalls.

»Duonna Alexandra hat den Dorfladen geerbt.«

»Stimmt, Gian hat davon erzählt.«

Er war so laut, dass einige sich umdrehten.

Lexi wechselte den Stuhl, setzte sich direkt neben Perl, nahm seine Hand und sprach ihm ins Ohr.

»So geht es besser, nicht wahr? Mein Großvater hat auch ein Hörgerät. Es ist lästig.«

»Ja, die Dinger taugen nicht viel. Außer wenn es ringsum still ist. Aber dann verstehe ich wiederum ganz gut ohne.«

Während er das sagte, betrachtete er etwas ratlos die schmale Frauenhand, die auf seiner lag, dann tätschelte er sie unbeholfen.

Jonin setzte sich auf Perls andere Seite, so saßen sie Schulter an Schulter und sahen auf den Eingang der Cafeteria.

»Gian hat gesagt, ihr kommt wegen Robert und Anna Tina.«

»Ja, wir wüssten gern, was damals geschehen ist.«

»Das wüssten wir alle gern. Es war im November 1972. Ich hatte im Jahr davor die Vieharzt-Praxis übernommen und war gerade Gemeindepräsident geworden. Per Akklamation, ich war der einzige Kandidat. Es war ein schwieriges Jahr. Schwieriges Wetter, zwei Frostnächte im April, eine im Mai, der fast die ganze Obsternte zum Opfer fiel. Äpfel, Birnen, Aprikosen, alles im Eimer. Die Kirschen hatten irgendeinen Befall. Ich glaube, nur die Johannisbeeren wuchsen gut. Und natürlich die Brennnesseln. Brennnesseln wachsen immer. Jung gepflückt kann man sie gut essen, sogar als Salat. Im Sommer fehlte dann der Regen, die Kühe mussten früher wieder von der Alp, die Weiden waren schon Mitte Juli nur noch braun. Einzig die Jagd lief gut.«

»Sar Flurin, wir sind wegen dem Dorfladen da.«

»Lass, Jonin, mich interessiert das.«

»Der Dorfladen, ich weiß. Der war in dem Jahr doppelt wichtig. Die Leute hatten ja kaum eigenes Gemüse. Aber natürlich war es nicht nur bei uns in Pigna so, sondern überall in der Schweiz. Robert hatte Mühe, genug Ware anzuschaffen. Die Stimmung im Laden war gehässig. Damals, müsst ihr wissen, gab es Kunden, die anschreiben lassen mussten, die Vornehmeren haben bar bezahlt. Und die haben jetzt verlangt, dass Robert Gemüse und Obst nur noch gegen Bargeld abgibt. Aber wie soll ein Bauer das machen? Er verdient sein Geld einmal im Jahr, dann nämlich, wenn er seine Produkte verkauft. Danach bezahlt er seine Schulden.«

»Und in dem Jahr hatten die Bauern wohl nicht einmal viel zu verkaufen.«

»Jedenfalls weniger als in anderen. Ja, 1972 war schwierig. Auch für mich als Vieharzt. Viele Tiere waren unterernährt, die Bauern hatten kein Geld für Kraftfutter. Für mein Honorar sowieso nicht. Ich musste die Tierärztegesellschaft anbetteln, und wie sieht das aus: Im zweiten Jahr mit eigener Praxis schon am Bettelstab.«

»Wir waren aber beim Dorfladen.«

»Ich weiß schon. Finanziell ging es Robert und Anna Tina gut, sogar sehr gut, weil in dem Sommer wie gesagt in den Gärten nichts wuchs und alle zu ihnen kamen. Ich erinnere mich aber, dass Robert viel mehr schuften musste. Die Kartoffeln holte er im Welschland und das Gemüse sogar in Frankreich, da fuhr er oft die Nächte durch. Anna Tina hatte im Laden dagegen nicht mehr zu tun als sonst, und sie war ein junges, fröhliches Mädchen, das sich gern amüsierte. Robert fiel nach Feierabend nur noch halb tot ins Bett. Das gab natürlich Streit. Aber in dem Jahr stritt sich das ganze Dorf, alle waren grantig.«

»Und so wurde es November«, versuchte Jonin wieder zu beschleunigen.

»Genau. Wie gesagt, die Jagd lief gut. Bestimmt wurde auch mehr gewildert, aber die Behörden haben da beide Augen zugedrückt. Irgendetwas mussten die Leute ja essen.«

»Vielleicht kam daher die Gereiztheit«, fiel Lexi ein.

»Warum?«

»Kein Fleisch hat so viel Histamin wie Wild. Ich weiß das, weil in meiner Familie alle Allergien haben. Histamin verstärkt Allergien und führt im Körper zu Stress. Nein, eben nicht nur im Körper. Histamin macht auch aggressiv. Wer von Wild lebt, lebt hochgradig ungesund.«

Perl starrte sie an.

»Davon höre ich zum ersten Mal.«

Jonin nickte.

»Ich vertrage Wild auch immer schlechter. Ich schlage aber vor, wir kehren zu den Ereignissen im November zurück.«

»Dazu gehört eben auch die Jagd. Die Jäger haben die Beute immer im Dorfladen eingefroren, dort stand eine Gefrierwand mit bestimmt zwanzig Fächern.«

»Vierundzwanzig.«

»Trotzdem waren die bald voll, und es gab neuen Streit. Wieder ging es um Geld, denn Robert hatte einige Fächer für den Laden reserviert, die wollte er meistbietend verhökern, vielleicht hatte er es auch bereits getan, das weiß ich nicht mehr. Jedenfalls gab es einen Aufstand unter den Jägern, dauernd kam einer in den Laden, um zu meckern, und hat die Kunden vergrault. Ja, und eines Tages ging der Laden einfach nicht mehr auf. Am nächsten auch nicht. Und Robert und Anna Tina waren wie vom Erdboden verschluckt.«

»Das wäre der Moment, in dem man die Polizei einschaltet.«

Perl zuckte mit den Achseln.

»Damals rannte man nicht immer gleich zur Polizei, zumal die weit weg war. Nein, man ging zum Gemeindepräsidenten. Als Erstes kamen die Jäger. Die Steinwildjagd war vorbei, aber die Niederjagd lief noch.«

»Was ist Niederjagd?«

»Hasen, Dachse, Füchse, Schneehühner, Stockenten und so weiter. Die Jäger wollten an die Kühlfächer, an die kam man nur durch den Laden, und der war ja zu. Dafür fiel jetzt Schnee, es schneite fast zwei Wochen lang. Ich sagte den Leuten, das Niederwild könnt ihr draußen lagern. Sie wollten natürlich aber auch an ihr Hirschfleisch, und überhaupt brauchten sie zu essen. Es lag über einen Meter Schnee, und es herrschte Lawinengefahr. Pigna war abgeschnitten. Du weißt ja, Jonin, was das jedes Mal für Probleme macht: Kranke Menschen und Tiere, die nicht mehr versorgt werden können. Die Milch wird sauer. Bäume stürzen unter der Schneelast um und zerreißen Strom- und Telefonleitungen. Aber natürlich mussten Robert und Anna Tina jetzt wieder öffnen, die Leute konnten sonst nirgends einkaufen. Dass sie wirklich verschwunden sind, daran hat zuerst gar niemand gedacht. Wir dachten, sie haben eben die Schnauze voll und nehmen eine Auszeit. Am vierten oder fünften Tag habe ich den Elektriker reingeschickt, weil er als Einziger den Schlüssel hatte, der hat dann festgestellt, dass sie verreist sind. Und als es auch in den Tagen danach nicht aufhörte zu schneien, habe ich entschieden, dass der Dorfladen unter Aufsicht geöffnet wird. Die Leute konnten sich holen, was sie dringend brauchten, jemand hat Buch geführt. Und die Jäger konnten zu ihren Gefrierfächern. Wir waren jetzt sicher, Robert und Anna Tina waren irgendwo im Unterland vom Schnee überrascht worden und konnten nicht mehr heim, Anna Tina fuhr ja öfters nach Chur oder Zürich. Die Telefonleitungen waren unterbrochen. Es dauerte fast drei Wochen, bis die Straßen wieder frei waren und das Telefon zurück. Dann hat Anna Tinas Bruder Jöri gemeldet, dass sie ihn angerufen hat.«

»Das war mein Großvater. Ich habe ihn nie kennengelernt, er ist bei einer Autorallye ums Leben gekommen.«

»Ja, er ist bald nach Anna Tina auch aus Pigna weggezogen.«

»Zurück zum Telefonat«, bat Jonin.

»Ja. Es muss ein kurzes Gespräch gewesen sein, sie hat ihm nur gesagt, dass sie mit Robert ein neues Leben anfange.«

Jonin und Lexi tauschten Blicke, und Lexi wollte etwas sagen. Doch Jonin kam ihr zuvor.

»Mit Robert? Hat sie das so gesagt?«

»Warum soll sie das nicht so gesagt haben? Robert war nun mal ihr Mann.«

»Aber es wäre auch möglich, dass sie nur gesagt hat, sie beginne ein neues Leben?«

»Ja, sicher ist das möglich. Nach fünfzig Jahren lege ich für ein Wort mehr oder weniger keine Hand ins Feuer.«

»Gibt es über Jöris Meldung eine Aktennotiz?«

»Nein, wozu auch? Dass sie weg sind, hat im Grunde keinen überrascht, nach diesem schwierigen Jahr wären viele gern abgehauen. Und Anna Tina war schon immer wie ein Schmetterling. Wenn ich vom Gemeindehaus aus zugesehen habe, wie sie den Laden aufschloss und die Tafel mit den Sonderangeboten rausstellte, habe ich mich oft gewundert, dass sie jeden Morgen pünktlich um acht Uhr wieder da ist und nicht längst fortgeflattert, auf eine andere schöne Blumenwiese. Und Robert hat sie eben genug geliebt, um mitzugehen.«

Wieder tauschten Lexi und Jonin Blicke, doch jetzt versuchte sie nicht mehr zu reden, sondern wartete mit neugierigem Blick, wie Jonin das Gespräch fortsetzen würde.

»Nicht alle Kühlfächer wurden geleert. Ich erinnere noch gut, wie mein Vater versucht hat, diejenigen aufzubohren, zu denen offenbar niemand den Schlüssel hatte. Hatten Sie dazu die Anweisung gegeben, Sar Flurin? Und wissen Sie noch, wann das war?«

»Lass mich überlegen. Nach dem Novemberschnee wurde es nahtlos Winter. Irgendwann vor Weihnachten hat das Elektrizitätswerk sich gemeldet. Der Laden verbrauchte immer noch Strom, und keiner bezahlte. Der Stromer wollte wissen, ob von jetzt an die öffentliche Hand zahle oder ob er den Hahn zudrehen solle. Natürlich hatte die Gemeinde nach dem harten Jahr kein Geld, also habe ich den Jägern gesagt: ›Legt euer Wild in Beize, oder kauft euch eine eigene Tiefkühltruhe. Bis Ende Jahr müssen alle Fächer geräumt sein.‹ Für die Fächer von Robert fanden wir keinen Schlüssel, deshalb habe ich deinen Vater beauftragt, sie aufzubrechen. Auf Ende Jahr dann wurde der Strom abgestellt und das Wasser abgedreht, ich habe den Laden abschließen lassen und den Schlüssel in Verwahrung genommen.«

»Leider hat er nicht alle aufgebracht.«

»Nein? Davon wusste ich nichts.«

»Ja, und es muss furchtbar gestunken haben, als das Fleisch da drinnen verwest ist. Ist das denn niemandem aufgefallen?«

»Nicht, dass ich wüsste. Die Winter in Pigna sind kalt, das weißt du selbst, in einem ungeheizten Haus fällt die Temperatur im Keller leicht unter null Grad. Wahrscheinlich sind Roberts Vorräte erst im Frühling aufgetaut. Und sobald es taut, sind wiederum die Bauern mit den Jauchewagen auf den Hängen, um die übervollen Silos zu leeren. Jauche oder eine gammelnde Hirschkeule, wer will das unterscheiden?«

»Es war aber nicht nur eine Hirschkeule. Es war Roberts Leiche.«

Perl starrte Jonin an und fummelte an seinem Hörgerät. »Nochmals, bitte.«

Lexi fasste beruhigend seine Schulter, beugte sich vor und sagte ihm fast zärtlich ins Ohr:

»Es war Roberts Leiche, Sar Flurin.«

Er stöhnte und legte sich die Hand auf die Brust, als hätte er Angst um sein Herz.

»Wo lag sie?«

»In einem der Kühlfächer. Unterste Reihe rechts.«

»D6.«

»Habt ihr sie gefunden?«

»Ja, gestern. Ich habe das Schloss aufgebohrt. Beide Schlösser, es waren zwei Fächer. Im anderen war tatsächlich Hirschfleisch.«

»Das ist ja furchtbar. Und war zu erkennen, wie er …«

»Nein. Nur, dass er wohl im Pyjama gestorben ist.«

Sar Flurins Eulenaugen jagten unruhig hin und her.

»Es muss einer … Nein, es kann … Anna Tina jedenfalls ganz bestimmt nicht …«

Er stammelte. Schließlich entschied er:

»Es muss ein Unfall gewesen sein.« Sein Atem flog.

Jonin fragte: »Was macht Sie so sicher?«

Perl sagte nur: »Wir hatten in Pigna noch nie Polizei nötig. Es sind alles gute Leute.«

Lexi sah ihn treuherzig an.

»Das glaube ich Ihnen aufs Wort. Und Sie waren bestimmt ein guter Gemeindepräsident.«

»Jedenfalls hätte ich nie einen Mord gedeckt.«

»Und einen Unfall?«, fragte Jonin.

»Nein, natürlich auch keinen Unfall. Ich wusste nichts von dieser Leiche. Niemand wusste von dieser Leiche. Es kann niemand gewusst haben.«

»Und doch hat sie jemand ins Kühlfach gestopft, es abgeschlossen und den Schlüssel gezogen.«

Perl sah Jonin mit scharfem Blick an.

»Hätte dein Vater damals … Warum hat dein Vater die Fächer damals nicht aufgebracht? Oder wollte er etwa nicht?«

Jonin schoss das Blut ins Gesicht.

»Natürlich wollte er. Zwei oder drei Bohrer sind ihm dabei abgebrochen, ich war dabei. Und jetzt weiß ich auch wieder, dass es an Weihnachten war. Eigentlich hätte er nach Scuol fahren sollen, um einen Christbaum zu kaufen und einen Fisch abzuholen, unser Weihnachtsessen. Dafür reichte die Zeit dann nicht mehr, und es gab zu Hause Streit.«

»Ja, siehst du?«

Perl schien erleichtert, das Thema wechseln zu können.

»1972 gab es andauernd Streit, nicht nur in Pigna. In München bei der Olympiade gab es damals auch diesen Terroranschlag.«

»Gibt es da einen Zusammenhang?«, fragte Lexi.

Perl sagte: »Nein, außer sie hätten vorher Wild gegessen.«

Es klang nicht, als wollte er einen Witz machen.

Jonin stand auf.

»Wir haben genug erfahren. Ich bringe Sie jetzt in Ihr Zimmer, damit Sie sich ausruhen können.«

Willig ließ er sich aufhelfen und zum Lift geleiten.

»Ab hier komme ich allein klar.«

Lexi sagte: »Danke für Ihre Offenheit.«

Er nickte.

»Eine wichtige Frage an den Polizisten habe ich noch. Habe ich mich strafbar gemacht?«

Jonin hob bedauernd die Schultern.

»In solchen Fragen kenne ich mich nicht aus. Aber so oder so ist die Tat verjährt. Was bedeutet, dass Sie auch niemanden mehr zu decken brauchen.«

Sar Furin wollte gleich aufbrausen.

»Ich sage das nur für den Fall, dass Ihnen noch etwas in den Sinn kommt.«

Dann war der Lift da, und Perl verschwand hinter verspiegelten Türen.

Auf der Rückfahrt war Lexi überraschend schweigsam.

Erst als Jonin fragte: »Soll ich dich zum Bahnhof bringen, oder übernachtest du noch mal in Lavin?«, rieb sie sich das Gesicht, als sei sie eben erst erwacht, und lächelte ihn vage an.

»Eigentlich hatte ich vor, im Haus zu schlafen, oben in der Mansarde. Aber ich bin unsicher geworden. Irgendwie habe ich das Gefühl, wir wissen jetzt weniger als vorher.«

»Oder ist nur das Bild weniger märchenhaft?«

»Ja, vielleicht. Was Sar Flurin erzählt hat, hat mich traurig gemacht. Traurig und hilflos.«

Jonin dachte daran zurück, wie sie so unbekümmert behauptet hatte, der Spuk der alten Häuser würde sie nicht schrecken.

»Es ist auch eine Frage der Tageszeit. Solange die Sonne hoch steht, sind die Geister reine Theorie. Wenn sie sinkt, werden sie lebendig, und das fühlt sich ganz anders an.«

Tatsächlich war es noch längst nicht Abend. Aber die Berge waren steil und hoch, und wenn die Straße aus der Sonne auf die Schattenseite führte, mussten die Augen sich immer erst an die Dunkelheit gewöhnen.

Inzwischen näherten sie sich Zernez, und Jonin hielt am Straßenrand.

»Also, wohin fahre ich dich?«

Lexi ging nicht darauf ein.

»Glaubst du, Sar Flurin weiß mehr, als er gesagt hat?«

»Nein. Ich glaube, er wollte nicht mehr wissen. Niemand wollte mehr wissen. Wie steht es mit dir? Willst du mehr wissen?«

»Ja, natürlich! Wobei ich auch Angst habe. Es macht einen großen Unterschied, ob ich eine Großtante hatte, die vielleicht im Wahn getötet hat, aus Romantik oder in Notwehr, oder ob ich mich in einem Dorf niederlasse, dessen Männer in der Lage sind, jemanden im Streit um ein Kühlfach umzulegen.«

»Das ist, was du vermutest?«

»Das ist eine der Möglichkeiten, oder?«

Er wiegte den Kopf.

»Ausgeschlossen ist es nicht. Menschen sind eben Menschen, auch in Pigna.«

Sie musterte ihn verkniffen.

»Was ist das denn für eine Binsenweisheit? Menschen sind Menschen?«

Er musste lachen.

»Vielleicht bin ich nicht der geborene Sprücheklopfer. Ich wollte damit sagen, dass Menschen oft dumme Dinge tun, auch grausame. Man muss kein grausamer Mensch sein, um grausam zu handeln. Im Gegenteil, hinter den größten Idioten verbergen sich oft feine Kerle.«

»Das klingt sehr viel besser, Jonin. Und das sagt dir deine Erfahrung als Polizist?«

»Offen gestanden habe ich als Polizist kaum Erfahrung. Nein, das ist meine Erkenntnis aus sechsunddreißig Jahren Schulwart.«

»Sechsunddreißig? Und danach warst du wie lange Polizist? So alt kannst du gar nicht sein!«

»Nicht lange.« Er wurde rot.

Lexi grinste.

»Rück raus damit. Wie lange?«

»Seit gestern.«

Erst sah sie ihn nur mit großen Augen an, dann kicherte sie hinter vorgehaltener Hand, und endlich lachte sie schallend. Sie konnte sich gar nicht mehr erholen. Sie stieg aus und ging am Straßenrand auf und ab, während sie sich krümmte vor Lachen.

»Au Backe«, rief sie und »Au, mein Bauch!«.

Und einmal, als sie sich halbwegs beruhigt hatte, fragte sie: »Wie lange dauerte denn aber die Ausbildung?«

Er sagte: »Ich habe keine.«

Und das Gelächter ging von vorn los.

Nach vielleicht einer Viertelstunde stieg sie wieder zu und schnallte sich an.

»Du hast den Ruf von Pigna wiederhergestellt. In einem Dorf mit einem Polizisten wie dir lasse ich mich gern von allem überraschen. Das nimmst du mir doch nicht übel?«

»Nein, gar nicht. Ich freue mich.«

»Dann lass uns heimfahren.«

9

Als sie Pigna erreichten, war Abendbrotzeit. Jonin hatte eine verständliche Scheu, Lexi zu sich nach Hause einzuladen, bevor er Mengia von ihr erzählt hatte. Sie gingen in den Liun, der abends warme Küche hatte. Die Dekoration des Liun war der glorreichen Schmugglerzeit nachempfunden, die bis in die Siebzigerjahre des vorigen Jahrhunderts gedauert hatte, als ballenweise Kaffee, Assugrin und Tabak über die Gebirgsgrenzen nach Italien geschleppt und dort um ein Mehrfaches des Schweizer Preises losgeschlagen worden waren. Einige Wände im Liun waren mit Kaffeesäcken aus Jute tapeziert, an der Bar saß man auf Tabakfässern, und überall hingen Fotos der damaligen Dorfbevölkerung, wie sie schwer bepackt in Seilschaften zu fünft oder sechst über Gletscherspalten und improvisierte Hängebrücken am Piz Dora balancierte, manchmal barfuß, manchmal auf Skiern oder auch nur Fassdauben. Über den Wirtshaustischen hingen gerahmte Geschichten aus Hochglanzillustrierten, die bewiesen, wie angesehen die Schmuggelei in der Schweiz gewesen war, gestellte Fotos mit Männern in Jägerkleidung und Frauen im Dirndl, die schwer beladen auf der Straglia posierten, der steilen Treppe, die ins Dorf Pigna hinaufführte.

Während Lexi und er auf die Kellnerin warteten und müde, jeder für sich, die Bilder betrachteten, dachte Jonin, dass das Elend in jenem schicksalhaften Jahr 1972 womöglich noch dadurch verstärkt worden war, dass in den Siebzigern die

Preise für die Schmuggelware in Italien zusammenbrachen und damit für die Dorfbevölkerung ein weiterer Erwerbszweig wegfiel.

Sie aßen Plain in Pigna, ein überbackenes Auflaufgericht. Auf der Speisekarte stand:

Erfunden in diesem Haus vor vierhundert Jahren.

Was ziemlich sicher nicht stimmte, weil Plain in Pigna nichts weiter war als Kartoffeln im Ofen und überall im Engadin serviert wurde.

Aber Lexi freute sich, dass »mein Dorf«, wie sie es inzwischen nannte, sogar ein eigenes Gericht besaß, und Jonin sagte deshalb nichts.

Überhaupt brauchte er kaum zu sprechen, weil im Saal des Liun gerade die Probe der Harmoniemusik vorbei war, die Musikanten stürmten das Lokal, und permanent rissen sie an den Nachbartischen Sprüche über ihn.

Gutmütig, doch unüberhörbar.

»Stimmt es also wirklich? Jonin ist jetzt der Dorfspitzel.«

»Darf ich ein zweites Glas Rotwein trinken, Jonin, oder verhaftest du mich dann, wenn ich ins Auto steige, um heim auf den Hof zu fahren?«

»Ich bin gerade nicht im Dienst.«

»Nicht mehr im Dienst? Gefällt dir denn die neue Uniform so gut, dass du sie gar nicht mehr ausziehen willst?«

Der Tubist beauftragte die Serviertochter, Jonin ein Bier zu bringen, und prostete ihm zu. »Gönne mir das Vergnügen, einmal die Polizei zu schmieren.«

Lexi kicherte in sich hinein.

Aber auch sie wurde nicht verschont. Als sie darauf bestand, die Rechnung zu bezahlen, rief Rut, die Dirigentin, eine Freundin von Mengia:

»Du bist mir ein schöner Polizist, Jonin! Kaum ist deine Frau aus dem Haus, lässt du dich von hübschen Touristinnen aushalten.«

»Ich bin keine Touristin. Und es stimmt auch nicht, dass Jonin außer Dienst ist. Er hat den Auftrag, mir zu helfen, mich hier niederzulassen. Und wenn Sie es ihm nicht vermasseln wollen, bleiben Sie bitte freundlich.«

Das machte offenbar Eindruck. Jedenfalls wurde es danach ruhig.

Und jemand, der sich nicht zu erkennen geben wollte, spendierte ihnen ein Eis zum Nachtisch. Vermutlich die Serviertochter Cilgia selber. Sie war in Lexis Alter, ein schüchternes Wesen mit Schuppenflechte.

Aus Anstandsgründen verzichtete Jonin auch darauf, nach dem Essen mit hochzugehen und Lexi noch beim Herrichten der Mansarde zu helfen. Dafür wollte er, sobald die Katzen gefüttert waren, mit Mengia telefonieren, damit sie von seinem neuen Berufsstand erfuhr, bevor der Klatsch die Runde machte.

Die Dirigentin war trotzdem schneller. Er schloss erst die Wohnungstür auf, als Mengia schon anrief.

»Hast du Hercule und Poirot gefüttert?«, fragte sie.

»Ich wollte es gerade tun. Hast du jetzt etwas Zeit für mich?«

»Ja, wenn die beiden Racker nicht wieder aufwachen. Andrea und Severin sind im Kino, und ich bin mit Elia und Sophie allein. Rut hat mir gerade geschrieben.«

»Schade, dann weißt du schon Bescheid. Ich hatte mich darauf gefreut, dir alles zu erzählen.«

»Gefreut? Was wolltest du, deinen Triumph genießen? Sie hat mir geschrieben, dass du in deiner neuen Uniform zehn Jahre jünger wirkst. Aber trotzdem zehn Jahre zu alt für deine neue Begleitung.«

Sie klang mehr besorgt als wütend.

Jonin musste lachen.

»Zehn? Mindestens zwanzig, aber Rut hat wirklich Haare auf den Zähnen.«

»Immerhin lachst du darüber.«

Sie klang erleichtert.

»Also schieß los. Was hast du zu beichten?«

»Zu beichten? Nur, dass meine Pensionierung verschoben ist. Pigna hat seit gestern einen Dorfpolizisten, das bin ich. Meine erste Aufgabe war es, die mutmaßliche Erbin des ehemaligen Dorfladens neben der Bäckerei zu empfangen und ihr das Haus zu zeigen. Dummerweise haben wir dabei eine Leiche gefunden, das hat alles verkompliziert. Es ist die Leiche von Robert, der damals mit Anna Tina den Laden geführt hat, vielleicht erinnerst du dich. Der Laden hat vor fünfzig Jahren von einem Tag auf den anderen dichtgemacht, und die beiden wurden nicht mehr gesehen.«

Am anderen Ende blieb es still.

»Bist du noch da?«

»Ja, erzähl weiter.«

»Um die Frage zu klären, wie Robert gestorben ist, haben wir heute den ehemaligen Gemeindepräsidenten befragt, Flurin Perl, Gians Vater.«

»Und?«

»Er hat viel erzählt, aber über Roberts Tod wissen wir nicht mehr als vorher.«

»Das ist ja wohl auch ein Fall für die Kriminalpolizei.«

»Eben nicht, weil nämlich der Fall verjährt ist. Es ist auch überhaupt noch nicht klar, ob ein Verbrechen vorliegt.«

»Auch das herauszufinden, ist nicht der Job eines Dorfpolizisten.«

Jonin zögerte.

Das brachte sie zum Lachen.

»Du bildest dir nicht etwa ein, du könntest so mal eben einen dubiosen Todesfall aufdecken, der fünfzig Jahre ungeklärt geblieben ist?«

Das weckte seinen Trotz.

»Warum nicht?«

»Warum nicht?«

Sie lachte.

»Jonin, du hast zweifellos ganz viele wunderbare Qualitäten. Aber überdurchschnittlicher Scharfsinn gehört nicht dazu.«

»Nein, da magst du recht haben. Dafür habe ich Einfühlungsvermögen.«

»Ja, das hast du wirklich, und es macht dich zu einem tadellosen Leichenwäscher, Bestatter, Schulwart und vermutlich auch Dorfpolizisten. Jedenfalls, solange es darum geht, einen entlaufenen Hund zu finden, das Opfer einer Autopanne zu beruhigen oder zwischen Nachbarn Streit zu schlichten.«

»Du glaubst, einen Mord aufdecken kann man damit nicht?«

»Ich *glaube* nicht, ich *weiß* es, Jonin. Wer von uns hat denn alle Sherlock Holmes', Miss Marples, Brunettis, Gamaches und Maigrets gelesen?«

»Du.«

Er selbst las höchstens mal in einem Buch über Gartenbau, kam aber selten über die ersten paar Seiten hinaus. Seine Leidenschaft waren Kataloge, vor allem Kataloge mit Maschinen zur Holz- und Metallbearbeitung. Aber auch die um Ostern verschickten Pflanzenkataloge verführten ihn zum Träumen.

»Genau, ich. Und was, glaubst du, zeichnet einen Sherlock Holmes, eine Miss Marple, einen Brunetti, Gamache oder Maigret aus?«

»Scharfsinn?«

»Kluges Köpfchen. Womit lösen sie ihre Fälle?«

»Mit Scharfsinn.«

»Genau, mit ebendiesem Scharfsinn.«

»Aber ...«

»Da gibt es kein Aber mehr, Jonin. Das eben war ein messerscharfer Beweisschluss.«

»Aber ...«

»Jonin, du bist matt gesetzt, gib auf!«

»Nein, warte.«

Sie lachte.

»Es ist ebenfalls ein Zeichen von Klugheit, verlieren zu können.«

»Ich gebe auf, falls du mir mit reinem Herzen versichern kannst, dass allein der Scharfsinn diese Leute befähigt hat, ihre Fälle zu lösen. Und nicht auch andere Qualitäten wie etwa Hartnäckigkeit.«

Darauf sagte sie nichts.

»Bist du noch da?«

»Ja. Können wir uns auf patt einigen?«

»Was ist patt?«

»Nicht einmal von Schach hat der Mensch eine Ahnung und will Verbrechen aufklären! Patt bedeutet unentschieden.«

»Das werde ich mir merken. Aber warum unentschieden? Ja oder nein: Gehören auch andere Qualitäten dazu, einen Fall zu lösen, oder nur Scharfsinn?«

Sie stöhnte.

»Auch andere Qualitäten.«

»Qualitäten, die womöglich auch mich auszeichnen? Sagen wir, Hartnäckigkeit?«

»Ja.«

»Dann ist es nicht unentschieden, sondern ich habe gewonnen!«

Sie ächzte.

»Meinetwegen hast du auch gewonnen.«

Vor Freude schoss ihm das Blut in den Kopf.

»Tut mir leid. Es ging mir nur um die Sache.«

»Ich weiß. Ich liebe dich.«

»Ich dich auch.«

»Trotzdem glaube ich nicht, dass du in der Lage bist, diesen Fall zu lösen.«

»Ich auch nicht. Aber einer muss es doch versuchen.«

Vor dem Fenster ging tiefrot der Mond auf, als fast perfekte Scheibe.

»Ja, vielleicht«, sagte Mengia. »Nur warum eigentlich? Kann man nach fünfzig Jahren die Toten nicht ruhen lassen?«

»Nicht in einer Tiefkühltruhe. Und es ist wegen diesem Mädchen. Es wäre eine gute Sache, wenn sie nach Pigna zöge.«

»Eine gute Sache für wen?«

»Für das Dorf. Sie hat die Erbauflage, hier wieder einen Laden zu führen. Du wirst sehen, sie ist ein gewinnender Mensch, der hervorragend hierherpasst. Auch ihr Bruder ist sehr nett.«

»Seit wann kennst du sie?«

»Seit gestern.«

»Nach zwei Tagen willst du erkannt haben, dass sie hervorragend nach Pigna passt? Jonin, wie glaubwürdig ist das?«

Er wusste darauf nichts zu antworten.

»Ist sie hübsch?«

»Sehr, aber das ist es nicht. Sie ist schon eine von hier. Stell dir vor, als sie zum Spaß Anna Tinas Kittel angezogen hat, ist Flurina auf sie zugerannt und hat sie umarmt, weil sie dachte, es sei Anna Tina. So sehr gleicht Lexi ihrer Großtante.«

»Flurina hält an manchen Tagen den Postbus für ein Flugzeug. Und Lexi, was ist das für ein Name?«

»Sie heißt Alexandra, aber man nennt sie eben Lexi.«

»Du nennst sie Lexi? Und wie nennt sie dich?«

»Jonin natürlich.«

Er lachte.

»Komm, Mengia, das Mädchen ist einundzwanzig, natürlich duzen wir uns.«

»Natürlich bietet ein bald sechzigjähriger Dorfpolizist einer Zwanzigjährigen bei erster Gelegenheit das Du an. Wie kann ich nur so engstirnig sein?«

»Ach, Mengia.«

Sie sagte nichts mehr.

»Mengia, ich liebe dich. Nur dich.«

»Vergiss die Katzen nicht.«

Damit legte sie auf.

Jonin fütterte Hercule und Poirot und reinigte das Katzenklo. Beim Zähneputzen betrachtete er den Mond und brütete darüber, ob seine Hartnäckigkeit vorhin richtig gewesen war. Er kam zu keinem Schluss.

Als er zu Bett ging, nahm er einen Stapel Kriminalromane mit, er konnte sich aber nicht konzentrieren.

Dann wählte er Mengias Nummer.

»Ich habe dir noch gar nicht …«

»Musste das sein? Womöglich hast du jetzt Elia und Sophie geweckt.«

»Entschuldige.«

Sie lauschte. Es blieb ruhig.

»Da hast du noch mal Glück gehabt.«

»Ich habe dir noch gar nicht erzählt, dass die Kühe auf die Alp gezogen sind. Es hat mich eine Nacht Schlaf gekostet, bis ich begriffen habe, was los ist.«

»Müsste ich das verstehen?«

»Es war plötzlich so still! Aber es hat eine ganze Nacht gedauert, bis ich begriffen habe, dass es diese Stille ist, die mich so unruhig und schlaflos macht! Dass mir das Kuhgebimmel so sehr fehlt!«

»Verstehe ich dich richtig? Du willst mir sagen, dass du das Kuhgebimmel vermisst, mich dagegen nicht? Jedenfalls hast du dich noch nie beklagt, dass du nicht schlafen kannst, wenn ich in Aarau bin.«

»Um Himmels willen, nein, du fehlst mir sogar sehr! Ich wollte es nur mit dir teilen, weil es mich berührt hat. Außerdem blüht im Garten der Holunder. Ich habe gleich ein Kilo oder zwei gepflückt und eingelegt.«

»Dann musst du sie aber auch kochen. Ich glaube nicht, dass ich bis morgen zurück bin. Und länger solltest du sie nicht einlegen.«

»Ja, gut.«

»Davor musst du die Gläser sterilisieren. Und Zucker kaufen, du brauchst mindestens drei Kilo Zucker. Und Zitronen, ein Dutzend etwa. Wo nimmst du die her? Jedenfalls entnehme ich dem, dass du bereits entschieden hast, dass Elia und Sophie ihren Großvater auch morgen nicht zu sehen kriegen.«

»Oh, an all das hatte ich nicht gedacht. Nein, dann werden sie mich morgen wohl noch nicht sehen.«

»›Wohl noch nicht‹ oder definitiv nicht?«

»Das ist dann wohl definitiv, ja. Verzeih.«

»Die Frage ist, ob die Kinder dir verzeihen.«

»Eigentlich wollte ich nur mit dir noch etwas teilen, das mich gefreut hat.«

Sie schluckte.

»Ja, du hast recht. Ich sollte mich mit dir freuen, statt dich zu quälen.«

»Genau genommen habe ich mich über die Holunderblüten sogar vor allem deshalb gefreut, weil ich dachte, dass du dich darüber freust.«

»Würde ich mich auch, wenn ich zu Hause wäre und mit dir Gelee einkochen könnte. Aber an den Kindern hänge ich eben auch.«

»Ich weiß.«

»Dass ich nicht an beiden Orten gleichzeitig sein kann, ist aber mein Problem, nicht deines. Es ist unfair von mir, dich da mit reinzuziehen.«

»Ich teile gern deine Probleme.«

»Danke, das ist lieb von dir. Seihe doch morgen den Sud nur ab und stell ihn zur Seite. Dann kochen wir das Gelee spätestens am Wochenende zusammen ein.«

»Das ist eine sehr gute Idee.«
»Und jetzt sage ich dir Gute Nacht.«
»Ja. Habt ihr auch einen so schönen Mond?«
»Ich habe noch gar nicht hinausgesehen. Das tue ich gleich nachher.«
»Ich werde ihn mir auch nochmals ansehen.«
»Gute Nacht, Jonin. Wenn auch ohne Glocken.«
»Gute Nacht, Mengia. Hoffentlich ohne Kindergeschrei.«
»Jonin? Ich liebe dich.«
»Ja, ich dich auch.«

Kurz bevor sie auflegten, hatte Jonin im Hintergrund bei Mengia eine ins Schloss fallende Tür und etwas wie Bügelklappern gehört. Vermutlich waren Severin und Andrea aus dem Kino zurück, was wiederum bedeutete, dass Mengia nicht sofort dazu kommen würde, den Mond zu betrachten. Also stand er selber auch nicht gleich auf, sondern blätterte noch in ein paar Krimis und las sich prompt fest. Es war nur eine kurze Stelle im Buch *Mein Freund Maigret*, die ihn so fesselte, dass er sie mehrmals wiederholte. Danach las er die Seiten davor und danach, um aber gleich wieder zu jener halben Seite zurückzukehren, die er schließlich fast auswendig konnte.

Maigret schlug sich mit einem – tatsächlich äußerst scharfsinnigen – Inspektor von Scotland Yard herum.

Kurz und bündig hatte der Engländer formuliert, was er zu sagen hatte. Eine knappe halbe Stunde mit de Greef hatte ihm gereicht, um sich sowohl von ihm als auch von der Welt im Allgemeinen ein klares Bild zu machen.

Und jetzt kam es!

Maigret wäre es schwergefallen, auch nur einen Gedanken präzise zu formulieren. Bei ihm war das ganz anders. Er witterte eher etwas. Er witterte vieles, wie immer zu Beginn einer Ermittlung, aber er hätte nicht sagen können, wie und wann sich dieser Ideennebel lichten würde. Das war wenig überzeugend und etwas demütigend. Er kam sich neben seinem gewandten Kollegen plump und schwerfällig vor.

Ha, Mengia, von wegen Scharfsinn! Maigret brauchte ihn nicht, er löste seine Fälle mit Intuition, Einfühlungsvermögen und Geduld. Im Triumph schlug Jonin das Herz bis zum Hals. Am liebsten hätte er sie nochmals angerufen, das wagte er dann aber nicht. Dafür schickte er ihr die Stelle als SMS.

Aufgeregt wartete er auf ihre Reaktion, ging erst im Schlafzimmer auf und ab, dann versuchte er noch etwas zu lesen. Er strahlte wie ein Schüler darüber, dass er den Zwist so klar und unbestreitbar für sich entschieden hatte.

Allerdings kam Mengias Reaktion erst gegen fünf Uhr früh, als er längst, inzwischen leicht verstimmt, schlafen gegangen war. Das feine Pling der eingehenden Nachricht weckte ihn aus wirren Träumen, in denen Schafe mit viel zu langer Wolle, ein englischer Inspektor und ein Einschussloch, groß wie ein Mondkrater, vorkamen.

Ihre Antwort war kurz und völlig anders, als er sie sich ausgemalt hatte.

Ja und, Liebling? Das macht aus dir noch keinen Kommissar.

10

Am nächsten Morgen war der Dorfladen abgeschlossen, und auf Jonins Klopfen hin geschah nichts. Das verwirrte ihn, bis jetzt hatte er sich als Hüter des Ladens betrachtet.

Als er Lexi aus Flurinas und Theos Haus kommen sah, fragte er mit etwas gekünsteltem Lachen:

»Wann macht denn die Butia wieder auf?«

Lexi schloss auf und öffnete für ihn die Tür. Sie selbst blieb allerdings draußen stehen.

»Ich wollte mir gerade beim Bäcker etwas zum Frühstück holen. Was willst du denn da drin?«

Ja, was hatte er eigentlich gewollt?

»Bestimmt wärst du gern bald die Leiche los. Wie hast du eigentlich geschlafen?«

»So, so. Die Leiche war aber nicht das Problem.«

»Trotzdem wäre es ohne Toten im Haus gemütlicher.«

»Ja, nur wollen wir sie ja nicht irgendwo verscharren, sondern sie soll es schön haben. Und um den richtigen Platz zu finden, wissen wir einfach noch zu wenig über Robert und darüber, wie er gestorben ist.«

»Das heißt, wir forschen weiter?«

»Ich bin schon dabei. Aber jetzt brauche ich wirklich etwas in den Magen.«

Jonin begleitete sie in die Bäckerei, wo sie sich ein belegtes Brötchen und einen Kaffee im Pappbecher geben ließ.

Während Mens Frau Nadine, eine in sich gekehrte Person, die am liebsten schwieg, Bohnen nachfüllte und den Kaffee braute, erzählte Lexi:

»Ich habe mit meiner Oma telefoniert und sie über meinen ersten Opa ausgefragt. Sie haben sich leider erst 1974 kennengelernt, also nach Roberts Tod und Anna Tinas Verschwinden. Er lebte in Landquart. Vielleicht hatte er Oma aber etwas von damals erzählt, oder es gab Briefe oder Tagebücher.«

»Oder aber er hatte auch in den nächsten Jahren noch Kontakt mit Anna Tina.«

»Ja. Nur leider alles Fehlanzeige. Besonders, dass sie sich nie wieder gemeldet hat, muss ihn sehr gequält haben. Oma meint, er hätte all die verrückten Dinge wie Rallyefahren und Extrembergsteigen und Fallschirmspringen gar nicht angefangen, wenn er sie nicht so vermisst hätte. Mein jetziger Opa, Opa Norbert, war damals auch schon in Omas Dunstkreis, als ihr Untermieter. Er hat mitbekommen, wie Oma unter Jöris Abenteuersucht gelitten hat, und wollte sie ganz unverblümt dazu bringen, dass sie sich scheiden lässt. Nach Jöris Rallye-Unfall ist er dann als Tröster in die Bresche gesprungen. Der übrigens kein Selbstmord war, Jöri war nur der Beifahrer. Oma hat zu Norberts Antrag sofort Ja gesagt. Je kleiner die Kinder, fand sie, desto schneller gewöhnen sie sich an den neuen Papa. Mama war damals drei, Onkel Jonas zwei. Und Opa Norbert hat gleich radikal durchgegriffen: Jöris Name durfte nicht mehr erwähnt werden, seine Sachen sind auf den Müll gewandert. Das alles hat Oma mir heute erzählt, während Opa im Bad war. Kaum kam er raus, hat sie das Thema gewechselt und vom Wetter geredet.«

Inzwischen saßen sie wieder auf dem Brunnenrand und ließen sich von der Morgensonne blenden – das war schon zur lieben Gewohnheit geworden, Lexi hatte den Kaffee in einem Schluck ausgetrunken und knetete den Pappbecher, bis er weich und formlos war.

»Kann es sein, dass deine Mutter mehr erinnert?«

Lexi schüttelte den Kopf.

»Bis der Brief vom Notar kam, wusste sie nicht einmal, dass sie eine Tante gehabt hatte. Und von ihrem Papa erinnert sie nur, dass er braun gebrannt und stoppelbärtig war und nach einem Sonnenöl gerochen hat. Piz irgendwas.«

»Piz Buin. Das war damals der Geruch der weiten Welt.«

»Das hat Mama auch gesagt.«

»War Norbert ihr ein guter Vater?«

»Jedenfalls ist er ein guter Großvater. Er muss nur ganz schlimm gefunden haben, was Jöri mit seinem Lebensstil Oma und den Kindern angetan hat. Das ist ja irgendwie auch verständlich.«

Sie wandte sich zur Kirchturmuhr um, es war halb neun.

»Tristan kann jeden Moment hier sein, wir konnten beide nicht schlafen und haben um fünf Uhr früh telefoniert, danach ist er gleich losgefahren. Er ist auch ein fabelhafter Tröster. Wäre er nicht mein Bruder, käme ich womöglich noch in Versuchung, ihn zu heiraten.«

Sie grinste.

Jonin konnte es sich nicht mehr verkneifen:

»Was quält dich denn?«

Sie schüttelte den Kopf.

»Im Grunde gar nichts. Es ist mehr so, dass ich die anderen quäle. Das bin ich noch nicht gewohnt.«

»›Noch nicht‹?«

»Es ist wohl unvermeidbar, andere zu quälen, wenn man erwachsen wird und eigene Entscheidungen trifft.«

Das klang altklug, trotzdem fragte Jonin sich, ob sie nicht recht hatte. Er dachte daran, dass Mengia und er sich womöglich gerade auseinanderlebten. Dass sie offensichtlich beide Angst davor hatten, obwohl überhaupt nicht gesagt war, dass es ihnen danach schlechter ginge. So wenig, wie es heißen musste, dass sie sich gleich trennten. Vielleicht wäre eine Trennung unvermeidlich, wenn zwischen ihnen ein anderer Mann oder eine andere Frau stünde. In ihrem Fall waren es aber nur zwei Enkelkinder und eine neue Stelle.

Während er zusah, wie Lexi den Becher unterm Brunnenrohr volllaufen ließ und gleichzeitig das Wasser mit pulsierenden Bewegungen laufend wieder herausquetschte, als betätige sie einen Beatmungsbeutel, sagte er: »Meine Frau und ich haben uns ein paar Regeln aufgestellt. Wir versuchen, ehrlich und wohlwollend zueinander zu sein. Wenn sich einer vom anderen verletzt fühlt, kann er sich daher mit gutem Gefühl sagen, dass es nicht in seiner Absicht lag, sondern dass die Verletzung aus einem unglücklichen Zusammenstoß unterschiedlicher Bedürfnisse entstand, verbunden vielleicht noch mit ungeschickter Kommunikation.«

»Aber sicher sein, dass keine absichtliche Verletzung vorliegt, könnt ihr euch nicht, oder?«

»Nein, aber je länger wir zusammenleben, um so mehr Erfahrung mit Verletzungen haben wir gesammelt, und ich kann sagen, dass in den gut dreißig Jahren, die wir jetzt zusammen sind, nur sehr wenig Sadismus im Spiel war. Meist passierte die Verletzung nur deshalb, weil wir nun mal, physikalisch gesprochen, beide unsere Ausdehnung haben, und manchmal fehlt einfach genügend Raum dazwischen, um einen Zusammenstoß zu vermeiden. Aber ebendiese Ausdehnung führt schönerweise auch dazu, dass wir uns sehr genüsslich aneinander reiben können.«

»Physikalisch gesprochen?«

»Nein, diesmal bildlich. Ich kenne Paare, die in allem einer Meinung sind, da ist die Reibung gleich null. Mengia und ich dagegen sind so verschieden, dass wir uns ganz oft einfach nicht verstehen. Maximale Reibung oder sogar frontaler Zusammenprall. Das macht das Zusammenleben kompliziert, aber das ist ja auch der Luxus einer Beziehung. Wir leisten uns tausend Um- und Irrwege, die man als Single und in symbiotischen Beziehungen alle verpasst.«

Lexi kniff wieder einmal ein Auge zu, weil die Sonne sie blendete, leerte endlich den Becher aus und faltete ihn ganz eng zusammen.

»Danke für den Einblick.«

»Gern.«

Jonin war nicht sicher, ob sie es ironisch gemeint hatte, es war ihm aber auch egal. Seine Erkenntnisse waren ihm erst jetzt während des Redens gekommen, und er freute sich, wie alles plötzlich Sinn ergab.

»Allerdings klingt mir das fast zu idyllisch, Jonin. Hast du dich nicht in diesen dreißig Jahren auch mal in andere verliebt?«

Jonin hielt jetzt auch die Hand unter den Wasserstrahl und trank einen Schluck. Das Wasser von Pigna war kühl und süß, und wie jedes Mal, wenn er es trank, dachte er für eine Sekunde daran, wie viele tausend Jahre lang es durch den Piz Lad gesickert war, bevor es in Trais Funtanas zutage trat.

»Ich verknalle mich nicht so leicht, aber natürlich kommt es manchmal doch vor. Nur ist es mit der Liebe wie mit dem Rauchen. Ich war früher ein starker Raucher, und wenn ich jetzt an das Gefühl denke, eine Zigarette anzuzünden und den ersten Zug zu tun, bin ich sehr versucht. Erinnere ich aber, wie die letzten Züge schmecken und wie schal das Gefühl ist, wenn ich den Stummel ausdrücke und am liebsten gleich die nächste Kippe rauchen würde, dann ist mir die frische Luft, die mich hier umgibt, doch tausendmal lieber. Dazu kommt, dass eine Liebe mit den Jahren, unsere zumindest, immer reicher und kräftiger wird, wie ein Rebstock. Eine Liebe, die dreißig Jahre gewachsen ist, hat starke Wurzeln und einen unglaublichen Lebenswillen. Die kann man nicht so einfach knicken, und man wäre auch dumm, es zu versuchen.«

Das war ihm fast noch schöner geraten als seine erste

Antwort, und als jetzt noch das Amselmännchen im Wipfel der Birke beim Parkplatz zu tirilieren begann, lachte er vor Freude laut heraus.

Lexi verzog kaum die Miene.

»Das ist gut«, sagte sie.

Und gleich darauf:

»Ein Gedanke, der mich seit gestern nicht loslässt, Jonin: Warum waren Robert und Tina sechs Jahre lang verlobt und haben gelebt wie Verheiratete, aber sie waren es nicht? Was hat sie daran gehindert?«

Das war eine gute Frage.

»Ich würde sagen, entweder sie durften nicht, oder einer der beiden wollte nicht.«

»Ja, eben.«

Und von einer Sekunde auf die andere lag wieder tiefe Trauer in ihrem Gesicht.

Dann rief Corsin an, der Gemeindeschreiber.

»Ramun sind die Ziegen ausgebüxt und kacken die Giassa Daint voll.«

»Ja und?«

»Laut Gemeindegesetz muss er das aufputzen, und zwar gleich. Und du, mein Lieber, bist der Arm des Gesetzes.«

»Verstanden, ich kümmere mich drum.«

Als Jonin in die Giassa Daint kam, hatte Ramun die Ziegen schon eingefangen und in den Anhänger des Traktors getrieben, jetzt war er mit Kehrschaufel und Schieber dabei, die Köttel aufzusammeln. Er war stark übergewichtig, sein Atem ging kurz und rasselnd.

»Jedes Jahr das Gleiche. Wenn die Kühe auf der Alp sind, drehen sie durch. Ich weiß nicht, ob aus Liebeskummer oder weil sie denken, dass sie jetzt hier das Sagen haben. Du verhängst mir aber keine Buße, oder?«

»Ich wollte nur sehen, ob du klarkommst.«

Ramun richtete sich grinsend auf.

»Und du, kommst du klar? Das war ein lustiger Abend gestern, dein Mädchen hat uns schön die Leviten gelesen.«

Das Bauchfett spannte sein rot kariertes Hemd, sodass es an den Knopfleisten zwischen den Knöpfen jeweils offen stand, die entblößte Haut war voller blutig gekratzter Pusteln. Auch jetzt kratzte er sich wieder. In jüngeren Jahren hatte er in der Harmoniemusik die Pauke geschlagen, dafür war er inzwischen zu dick, aber er schlug noch die Tschinellen und den Triangel.

»Ja, alles bestens. Aber sie ist nicht mein Mädchen.«

»Schade, gönnen würde ich sie dir.«

»Sag, wie alt bist du, Ramun?«

»Achtundsechzig, warum? Willst du mir das Arbeiten verbieten?«

»Ich will dir überhaupt nichts verbieten. Dann warst du 1972 schon auf der Jagd, oder? Erinnerst du dich an Robert, der damals mit Anna Tina den Dorfladen hatte? Er hatte die Tiefkühlfächer unter sich.«

»Vage. Es gab irgendwie Zoff, und dann war er verschwunden.«

»Was für Zoff?«

»Es fällt mir offen gestanden schwer, mit dir darüber zu reden, jetzt, da du Uniform trägst.«

»Wieso, war es etwas Illegales? Was immer es gewesen sein mag, es ist verjährt.«

»Sogar Mord?«

»Ja.«

»Schwörst du?«

»Wenn du darauf bestehst.«

»Worauf?«

»Auf alles, was mir heilig ist.«

»Und was ist dir heilig? Schwör auf die Kleine. Wenn du lügst, soll ein Fluch mit Pest und Krätze über sie kommen.«

»Das Mädchen gestern im Liun? Das kenne ich doch kaum. Überhaupt ist das dummer Aberglaube.«

»Umso besser für dich. Schwör, dass du nichts von dem gegen mich verwendest, was ich dir jetzt sagen werde.«

»Also gut, ich schwöre.«

»Ich habe ihn umgebracht.«

»Wen?«

»Robert natürlich. Und sie auch. Wie hieß sie noch?«

»Anna Tina. Aber …«

Ramun prustete los, die Ziegen sprangen erschrocken gegen die Wände des Anhängers.

»Ein Gesicht machst du! Willst du wissen, was wirklich passiert ist?«

»Ja, bitte.«

Jonin wischte sich den Schweiß von der Stirn.

»Wir haben viel gejagt in dem Jahr. Manches konnten wir an die großen Hotels in St. Moritz und Pontresina verkaufen, aber die Kühlfächer waren trotzdem viel zu schnell voll, und Geld für eine eigene Truhe zu Hause hatten wir alle nicht. Wir haben Robert gesagt: Schmeiß die Haufrauen raus, die können ihre Beeren auch einkochen. Schließlich ging es für uns um viel Geld. Die Hotels kaufen selten für die ganze Saison ein, musst du wissen, sondern nur für ein, zwei Monate. Wir hatten die Wahl, entweder legales Fleisch einzufrieren oder den ganzen Winter über zu jagen.«

»Was illegal wäre.«

»Genau, zu wildern. Die Gefahr, erwischt zu werden, war nicht allzu groß, aber trotzdem, wir hatten das Fleisch ja schon und wollten es nicht einfach wegwerfen. Robert hat uns die Fächer zwar vermietet, aber nicht mehr für ein Jahr, nur wochenweise. Und jede Woche stieg der Preis. Er hat gesagt, er passe ihn nur dem Strompreis an. Der ist zwar auch gestiegen, aber nie in dem Ausmaß! Ein paar von uns haben ihn deshalb verprügelt, nur ein bisschen, doch genützt hat es nichts. Er hat gesagt: ›Ich brauche das Geld nun mal, und wenn ihr mich totschlagt.‹«

»Wofür er es so nötig brauchte, hat er nicht gesagt?«

»Nein, wir haben auch nicht gefragt. Wir brauchten ja alle Geld.«

»Wie ging es weiter?«

»Das weißt du ja selber, eines Morgens blieb der Laden zu. Mit Mühe und Not kamen wir noch an unser Fleisch, bevor der Strom abgestellt wurde.«

»Wieso habt ihr Jäger euch nicht zusammengetan und die Kühlfächer auf eigene Rechnung weiterbetrieben?«

»Auf die Idee ist womöglich keiner gekommen. Aber es war uns in dem Laden auch nicht mehr geheuer. Ich selber habe Robert nicht umgelegt, und es wurde auch keine Leiche gefunden. Trotzdem konnten wir uns gut vorstellen, dass einem von uns auf Pirsch eine Ladung Schrot fehlgegangen ist. Und für den Fall, dass doch noch die Leiche gefunden würde, wollte sich natürlich keiner auffällig machen.«

»Warum gleichzeitig Anna Tina verschwunden ist, lässt sich so aber schwer erklären.«

»Stimmt. Andererseits wäre es ein Wunder, wenn sie nicht die Gelegenheit gepackt hätte, sich zu verbessern. Ich habe sie zwei, drei Male an einem Fest erlebt und muss sagen, sie wurde umschwärmt wie ein schönes, blutiges Steak von den Wespen. Wohlgemerkt hat sie immer alle links liegen lassen und nur mit ihrer Cousine getanzt, deren Name mir gerade nicht einfällt.«

»Monika?«

»Ja, das könnte hinhauen. Ganz offensichtlich wollte oder musste sie vermeiden, dass Robert eifersüchtig wird. Aber natürlich hätte sie jederzeit eine viel bessere Partie machen können. Sie sah übrigens deiner Kleinen aus dem Liun verblüffend ähnlich.«

»Ich weiß, die beiden sind auch verwandt.«

Das bekam Ramun womöglich nicht mehr mit. Die Ziegen hatten die Falle aufgestoßen, die das Luftloch ganz oben im geschlossenen Anhänger verschloss, hatten sich irgendwie an den Wänden emporgehangelt, vielleicht waren sie auch aufeinandergestiegen, und versuchten gleich zu dritt oder zu viert, sich durch die schmale Lücke zu zwängen.

Ramun stieß sie fluchend mit der Kehrschaufel zurück, dann stieg er eilig auf den Traktor, startete den Motor und ratterte die Giassa Daint hinab zu seinem Hof.

11

Während Jonin dem qualmenden, klappernden Auspuff nachsah, der sich wie der Kamin eines Hexenhäuschens hoch über die verbeulte Führerkabine erhob, durchzuckte ihn wie der Stromschlag eines Viehzauns die schmerzhafte Erkenntnis, dass er den Fisch vielleicht gerade an der Angel gehabt hatte, doch er hatte es verpasst, die Schnur zu straffen, damit der Haken sich dem Fisch ins Fleisch bohrte. Womöglich war er der Aufklärung schon ganz nahe gewesen, doch jetzt verpuffte die Chance vor seinen Augen, lärmend und nach Diesel stinkend. Wie hatte es bei Maigret geheißen? *Er witterte, aber es wäre ihm schwergefallen, auch nur einen seiner Gedanken klar auszudrücken. Und er hätte nicht sagen können, wie und wann sich dieser Gedankennebel schließlich auflösen würde. Das war etwas demütigend.*

Ja, genau so fühlte er sich. Was aber würde Maigret nun tun?

Jonin rief Mengia an. Sie nahm gleich ab.

»Was tut Maigret, wenn er eine Ahnung hat, wer der Täter ist, aber nicht mehr als das?«

»Ach, Liebling. Guten Morgen erst mal.«

»Nein, keine Zärteleien, antworte einfach. In mir lodert es.«

Sie musste lachen. »Er würde den Verdächtigen umgarnen, nicht mehr lockerlassen, ihn andauernd in Gespräche verknüpfen, bis der andere sich verrät.«

»Vielleicht ist es nicht er selber, sondern einer seiner Kollegen.«

»Dann würde Maigret sie alle zusammentrommeln und aufeinanderhetzen.«

»Großartig, danke.«

Händereibend ging Jonin ins Oberdorf und zum Liun, der Stammtischbeiz der Jäger. Sie aufeinanderhetzen, das gefiel ihm. Dazu war er jetzt richtig in Laune.

Hans, der Wirt, stand draußen und rauchte. Er war, wie auch Mathilda, die Wirtin, jenseits der achtzig, vierschrötig, mit Bürstenfrisur und Latzhosen, und erinnerte Jonin seit jeher an den Automechaniker eines seiner Kinderbücher, einen Hasen.

»Hans, du musst mir die Jäger zusammentrommeln.«

Hans blinzelte, als sei ihm Rauch ins Auge geraten. »Worum geht es denn?«

»Verrate ich noch nicht. Ihr werdet euch wundern.«

»So, werden wir das? Dann gehen wir mal rein und schlagen den Kalender auf. Für die Jäger brauchst du das Säli, und wir sind in diesem Monat schon ziemlich gut gebucht.«

»Nein, Hans, heute, jetzt.«

Hans lachte. »Glaubst du, wir Jäger sitzen außerhalb der Saison nur rum und warten darauf, dass ein selbst ernannter Dorfpolizist uns die Leviten liest?«

Richtig, Hans war selbst auch Jäger! Jonin ärgerte sich, dass er so überhaupt nicht schlagfertig war. Was hätte jetzt dieser Inspector von Scotland Yard wohl geantwortet, dieser de Greef? Aber Moment, auch ein Maigret kam schließlich zu seinem Ziel. Nur wie? Vielleicht musste er einfach nur drauflosreden?

Plötzlich stand ihm das Bild von Gian Perl vor Augen, wie er sich im Gemeindehaus über einen Stapel Papier gebeugt und gestöhnt hatte: »Ach ja, diese verdammten Jäger. Das neue Jagdhüttengesetz. Wir wollen endlich mit dieser Mauschelei und Schieberei aufräumen. Ich sage dir, da wird noch Blut kochen.«

Jonin grinste.

»Ich sage nur *Jagdhüttengesetz*.«

Hans wurde bleich.

»Sag nur, es ist schon so weit?«

»Sagen wir mal so: Ich weiß nicht, ob ich es ohne eure Unterstützung noch abwenden kann.«

»Scheißbürokraten. Seit ich denken kann, werden die Hütten unter der Hand weitergereicht, wir pirschen, wir ködern, wir streichen ein. Wir sind nun mal Jäger. Und jetzt soll alles demokratisch werden? Ich bitte dich! Sollen demnächst die Hirsche noch darüber abstimmen, wer von ihnen geschossen wird? Nein, noch schlimmer, ich höre, ihr wollt die Hütten unter der Bevölkerung verlosen! Verlosen, Jonin! Eine Jagdhütte! Ebenso gut kannst du einem Kind eine Knarre in die Hand drücken.«

Jonin nickte verständnisvoll.

»Das klingt nicht gut. Aber eben, ich weiß nicht, ob sich noch etwas tun lässt.«

»Du musst, Jonin. Du musst!«

Hans zog das Handy und drückte eine Kurzwahltaste. »Das ist der Ringruf. Kommt her, es geht um die Hütten. Ja, jetzt.« Er wählte noch zwei Mal und sagte dasselbe. Dann klopfte er Jonin auf die Schulter, schob ihn in den Hausflur und sagte brüderlich: »Jetzt aber erst mal einen Kaffee Schnaps, ja?«

Zwanzig Minuten später lümmelten sich zwanzig Männer und zwei Frauen im Sälchen, in dem Hans die Notenpulte und Halter für die Dämpfer der Blasmusik nur notdürftig zur Seite gestellt hatte. Ramun saß gewohnheitsmäßig beim Schlagzeug, sein Atem ratterte vom Treppensteigen wie ein Nähmaschinenmotor. Wie so einige kam er direkt aus dem Stall, in Gummischuhen voller Kot, andere trugen Konfektionsanzüge, Schürzen oder Schutzanzüge in Leuchtfarben. Es roch nach Mist, saurem Schweiß und zu viel Aftershave, dazu nach Schnaps. Der Jüngste schien höchstens zwanzig, die

Ältesten waren ein Grüpplein stoppelbärtiger Greise, mitten darin Hans und Ramun. Der funkelte Jonin immer wieder böse zu, Dann legte Jonin lächelnd den Finger an die Lippen und machte das »Ich schwöre«-Zeichen, wie als Kind beim Indianerspiel. Seine Rolle machte ihm diebischen Spaß.

Cilgia brachte auf einem vollen Tablett zwei Dutzend Gläser Kaffee Schnaps und einen Korb Gipfeli. Als alle sich bedient hatten und die Pendeluhr – ebenfalls eine der Olympischen Spiele 1928 – neun schlug, erhob er die Stimme.

»Danke, dass ihr euch alle freigemacht habt. Wie die meisten von euch bereits wissen, bin ich der neue Polizist von Pigna. Vorgestern war mein erster Tag. Und ich bin gleich über eine Leiche gestolpert.«

Es wurde schlagartig ruhig, dann sagte Ramun in fast drohendem Tonfall: »Ich dachte, es geht hier um die Jagdhütten.«

Jonin lächelte entwaffnend. »Nein, das habe ich so nie behauptet. Aber vielleicht lässt sich das eine mit dem anderen verbinden. Vor fünfzig Jahren verschwanden Anna Tina und Robert, die bis dahin den Dorfladen an der Giassa Maistra 7 geführt hatten. Vor fünfzig Jahren wurde Roberts Leiche in der ladeneigenen Tiefkühltruhe eingeschlossen, in der die Jäger ihre Beute lagerten. Vorgestern habe ich sie dort gefunden. Mein eigener Vater war damals beauftragt worden, die Truhe aufzubrechen, aber sein Werkzeug versagte. Es war Winter, es stürmte, Pigna war abgeschnitten. Man dachte damals, Robert und Anna Tina seien verreist und kämen dann schon wieder, wenn die Straßen frei würden. Doch dem war nicht so.«

Ein Junge im schlecht sitzenden Konfirmandenanzug räusperte sich, Steven von der Raiffeisen. »Ich kann den Schalter nicht lange geschlossen halten. Wenn es hier nicht um die Vergabe der Jagdhütten geht …« Das nahmen auch ein paar andere zum Anlass, schon mal ansatzweise mit dem Stuhl zu rücken.

Jonin begriff nicht ganz, warum sie von der Geschichte nicht so gefesselt waren wie er, und wurde nervös. »Vielleicht hat das eine mit dem anderen zu tun«, sagte er kryptisch, um sie bei Laune zu halten. Tatsächlich hatte er keinen blassen Schimmer, worauf er hinauswollte. Doch dann fiel ihm Ramuns Bemerkung wieder ein.

»Jedenfalls gab es im Vorfeld eine Prügelei, und zwar unter Jägern. Einige von euch werden sich erinnern. Es war ein schlechtes Jahr für die Bauern, Missernten, dürre Weiden. Nur die Jagd lief gut. Die Jäger wollten deshalb mehr Platz in der Tiefkühltruhe für ihr Jagdgut, schließlich mussten sie damit ihre Familien ernähren. Und Robert wollte für die Schließfächer immer mehr Geld, das machte sie wütend. So, genau, und hier treffen wir uns. Ich will einen Mord aufklären, ihr wollt euch eine der raren Jagdhütten sichern. Deren Vergabe soll nach einem neuen Schlüssel erfolgen. Aber nach welchem? Das ist noch nicht bestimmt. Sollen die Hüten verlost werden?«

Gleich wurde gemurrt.

»Nein? Aber wie wär's damit? Wer mir die Namen derjenigen nennen kann, die damals vor fünfzig Jahren dabei waren, als Robert verprügelt wurde, wird bevorzugt. Womöglich kennt jemand hier sogar den Mörder? Ihr braucht euch nicht zu sorgen, verurteilt wird niemand mehr, die Sache ist verjährt. Trotzdem gehört, finde ich, der Fall geklärt, Robert zuliebe und auch deshalb, weil Gerüchte umgehen, das Haus sei seit damals verflucht. Ein verfluchtes Haus ist keine Visitenkarte für unser Dorf, nicht wahr?«

Hans stand auf.

»Jonin, nimm es mir nicht übel, aber du redest doch nur Unsinn! Willst du allen Ernstes behaupten, dass die Vergabe der Hütten irgendwie über deinen Schreibtisch läuft? Hast du überhaupt einen Schreibtisch? Und dass es die Aufgabe eines Gemeindepolizisten ist, Morde aufzuklären, kannst du mir auch nicht weismachen.«

Jonin brach der Schweiß aus. Aber noch gab er nicht auf. Sein Handy klingelte. Er drückte den Anrufer weg, dann sagte er: »Deine Zweifel ehren dich, Hans. Offensichtlich ist dein Gewissen rein, obwohl dein fortgeschrittenes Alter dich in den Kreis der prinzipiell Verdächtigen erhebt. Aber ich sage dir, Hans, irgendjemand hier im Raum wird sich gerade mit Schrecken an jenen Winter 1972 zurückerinnern und wäre nur allzu froh, er könnte sich endlich, nach fünfzig Jahren bohrender Schuldgefühle, die schwere Last von der Seele reden.«

Ramun stemmte seine wabernde Masse ächzend hoch, hielt sich an den Schultern der Umsitzenden fest, bis er den Mittelpunkt gefunden hatte und einigermaßen sicher stand, und sagte trocken: »Du hast mich erwischt. Allerdings, ganz so schlimm fand ich es damals auch nicht, immerhin habe ich sie danach geheiratet, und wir haben noch ein paar Bälger mehr gezeugt.«

Schallendes Gelächter.

»Ich finde das überhaupt nicht witzig«, rief Jonin mit rotem Gesicht, aber sie hörten nur noch halb zu. »In unserem Dorf wurde ein Mensch getötet, und niemand wurde je dafür zur Rechenschaft gezogen. Das sollte euch zu denken geben.«

»Das weißt du überhaupt nicht«, stellte Ramun nüchtern fest. »Vielleicht wurde es auch nur nicht aktenkundig. So ist das nun mal auf dem Land. Aber erzähl den Leuten doch noch eben, wer die Leiche damals ums Haar gefunden hätte, Jonin. Und erklär uns, warum er es nicht tat.«

Nun wurde Jonin tiefrot, griff nach dem erstbesten Glas, trank und hustete. Der Kaffee Schnaps bestand aus sehr viel Schnaps und kaum Kaffee. »Mein Vater«, gestand er, als er wieder Luft bekam. »Er ist an den Schlössern verzweifelt, wir hatten damals noch keine HSS-Bohrer. Flurin Perl, der Gemeindepräsident, gab ihm den Auftrag ausgerechnet an Heiligabend. Er hat es stundenlang versucht, das hat uns unseren Weihnachtsfrieden gekostet.«

Ramun war unerbittlich. »Trotzdem bleibt die Frage: Konnte er nicht, oder wollte er nicht?«

Jonin stammelte.

»Du willst meinem Vater nicht ernsthaft unterstellen … Du hast ihn gekannt, Ramun, er war ein überaus rechtschaffener Mensch!«

»Ja, und das sind wir auch«, sagte der alte Flickschuster Lenard. Er sagte es freundlich.

Jonin lachte bitter. »Rechtschaffen? Aber Robert verprügelt habt ihr doch, nicht wahr? Oder streitet ihr das ab?«

»Nein, das streiten wir nicht ab«, sagte Lenard. »Obwohl ich eher sagen würde, wir haben uns gebalgt. Und das taten wir Jungen damals fast jedes Wochenende. Das war so unsere Dorfunterhaltung.«

Ein Mittvierziger in zerrissenen Jeans und Hemd mit Krawatte – Generation Desktop – unterbrach das Gespräch. »Um zur Sache zu kommen. Ihr wisst ja wohl, dass ich im Gemeinderat bin. Dort ist die neue Jagdhüttenvergabe für die nächste Sitzung traktandiert, und ich verspreche, dass ich mich nach Kräften für eine faire Lösung einsetzen werde. Ganz bestimmt wird sie nicht an irgendwelche dubiose Vorkommnisse von vor fünfzig Jahren geknüpft sein. Womit ich nichts gegen den Einsatz unseres neuen Dorfpolizisten sagen will. Aber dürfte ich jetzt bitte zurück in mein Büro? Ich habe um zehn einen Online-Termin.« Er legte fünf Franken für den Kaffee Schnaps auf den Tisch und erhob sich. Mehrere andere taten es ihm gleich, dann erhob sich auch der Rest.

Fulvio, der Gemeindearbeiter, klopfte Jonin im Hinausgehen auf die Schulter. Und Hans sagte: »Der Kaffee geht aufs Haus. Ein Gipfeli kannst du dir auch nehmen.«

»Danke«, sagte Jonin und schrieb Mengia eine Nachricht: *Bin nicht Maigret.*

Sie schrieb postwendend: *Dann bist du eben wieder mein Liebling.*

Lenard wartete solange neben ihm. Dann sagte er: »Wenn einer von uns verdächtig wäre, wäre ich der Erste, der es dir sagen würde.«

»Danke«, sagte Jonin.

»Aber was ist mit Anna Tina? Hast du ihre Leiche nicht gefunden?«

»Nein, die starb erst vor zwei Monaten in Genf.«

Lenards Miene hellte sich auf. »Dann hättest du uns *das* erzählen müssen, Jonin, nicht das andere. Robert war nur einer von uns, einer mehr, einer weniger. Anna Tina war etwas ganz Besonderes! Und dass sie so plötzlich verschwand, war viel schlimmer. Das riss wirklich ein Loch ins Dorf. Ich jedenfalls habe sie mein Leben lang vermisst. Versteh mich nicht falsch, nicht dass ich mir Hoffnungen gemacht hätte. Aber es macht mich sehr froh, wirklich sehr, sehr froh zu hören, dass sie irgendwo anders mit ihrer verzauberten Art weiterhin Menschen glücklich gemacht haben mag. Das sind die Dinge, Jonin, auf die es im Leben ankommt. Das andere, die Quälerei und der Schmutz, die braucht man nicht künstlich aufzuwühlen.«

Er fasste Jonins Handrücken und drückte ihn, dann ging er mit eigentümlich federndem Gang auf die Treppe zu.

Jonin ging hinter ihm her nach unten, dabei wählte er die Nummer, die er vorhin weggedrückt hatte.

»Capaul.«

»Massimo Capaul?«

»Ja, wer spricht da? Ich hatte Ihre Nummer auf dem Display und habe aufs Geratewohl zurückgerufen.«

»Ich bin Jonin Salutt, der neue Gemeindepolizist von Pigna.«

»Ach so, dann hat sich die Sache entschieden? Ich hatte noch gar nicht abgesagt.«

»Oh, das ist mir peinlich. Ich wollte mich nicht vordrängen. Sowieso bin ich für die Aufgabe nicht sonderlich geeignet.«

»Weshalb denken Sie das?«

»Ach, gleich am ersten Tag bin ich in einen offenkundigen Mordfall geraten, und beim Versuch, ihn aufzuklären, habe ich mich sofort unmöglich gemacht.«

»Dann lasse ich Ihnen nur zu gern den Vortritt«, sagte Capaul lachend. »Ich habe auch dieses Talent, überall gleich in die Scheiße zu treten. Verzeihen Sie den Ausdruck.«

»Dafür habe ich alles Verständnis. Darf ich fragen, wie Sie die Scheiße jeweils wieder wegkriegen?«

»Gar nicht. Deshalb habe ich aufgehört.«

»Aber Ihre Fälle haben Sie doch irgendwie gelöst?«

»Nein.«

»Nein? Ist das die Antwort? Einfach nein?«

»Ich war kein besonders erfolgreicher Polizist, Sar Jonin. Aber vor allem geht es in diesem Spiel überhaupt nicht darum, Verbrechen aufzuklären. Die Polizei ist ebenso Teil des Spiels wie die Verbrecher und die Finanz. Wir tun nur so, als wären wir Gegner, und daran verdienen alle sehr gut.«

»Auf wessen Kosten?«

»Auf die von Otto Normalverbraucher. Wir feuern Ängste an, diese Ängste machen, dass die Leute nach Sicherheit schreien, einer Sicherheit, die es nicht gibt und die auch gar nicht wünschenswert wäre. Diese Sucht nach Sicherheit lässt den Rubel rollen.«

»Wie alt sind Sie, Sar Massimo?«

»35.«

»Und schon so zynisch?«

»Ich bin nicht zynisch, Sar Jonin. Die Welt ist zynisch. Die Stelle eines Gemeindepolizisten hätte mich gereizt, ein bisschen wenigstens. Dafür sorgen, dass abgefallene Blüten nicht die Fahrbahn unsicher machen, einen entlaufenen Hund einfangen, das sind schöne Aufgaben. Die Morde sollten Sie besser ignorieren. Für jeden, den Sie vielleicht aufklären, werden zwei neue begangen.«

Jonin fiel ein, was Lenard ihm eben gesagt hatte. Inzwischen war er in die Gasse getreten und sah ihn mit zwei anderen bei der Bäckerei stehen. Sie betrachteten die Schmetterlinge, die den Hagebuttenbusch umschwirrten, während Lenard ruhig und eindringlich redete. Als er Jonin entdeckte, zeigte er auf die Falter und rief: »So einer war Anna Tina. Nur wer war die Hagebutte? Das ist das ungelöste Rätsel unserer Generation.«

Jonin nickte und winkte, dann fiel ihm ein, dass er sich noch nicht von Capaul verabschiedet hatte. Im Hörer erklang bereits das Besetztzeichen. Als er an die vergangene Stunde zurückdachte, blieb kaum eine Erinnerung übrig. Irgendwoher hörte er das zärtliche Gurren der zwei Türkentauben, doch er konnte sie nirgends entdecken. Das Licht der Morgensonne floss milchweiß über die alten, verworfenen Ziegeldächer in die Gasse hinab. Alles schien ihm sagen zu wollen: »Jonin, entspann dich. Nichts ist geschehen.«

12

Als Jonin sich am Brunnen das Gesicht wusch, um vollends auszunüchtern, entlud Tristan vor der Butia gerade sein Auto. Mit im Gepäck waren eine Gitarre, Einkaufstüten voller Kleider und eine große Dose Anrührpulver für Erdbeer-Milkshake.

»Jonin, ich will nichts mehr von Leichen und nichts von Liebeskummer hören. Lexi hat mich heute Nacht alle zwei Stunden aus dem Schlaf geklingelt, ich habe mich dafür verflucht, dass ich ihr beim Abschied letztes Mal mein Handyladegerät in die Hand gedrückt habe. Ich bin hier, um der Ladenidee Schwung zu verleihen und weil Lexi frische Wäsche und ein Jäckchen braucht. Abgesehen davon interessiert mich nichts.«

Jonin half ihm, die Sachen hineinzutragen, dann rief er noch eben Corsin an.

»Mission erfüllt, Ramun war sowieso schon dabei, die Köttel einzusammeln. Muss ich jetzt einen Rapport schreiben?«

»Das ist eine gute Idee. Notiere vor allem auch den Zeitaufwand, damit der Gemeinderat dein definitives Pensum festlegen kann.«

»Was kann ich denn verrechnen? Wenn die Leute die Uniform sehen, geraten sie immer ins Plaudern.«

Das entsprach nicht ganz der Wahrheit, aber es schien ihm die eleganteste Abkürzung des Umstands zu sein, dass er sich pausenlos erklären musste.

»Schreib alles auf, das Schwatzen gehört mit zu deinem Job. Sozialhygiene nennt sich das: Wer klönen kann, verbiestert nicht.«

Jonin tippte also in sein Handy:

Ramun in der Giassa Daint bei der Räumung von Ziegenfäkalien unterstützt inkl. Sozialhygiene, 20 Minuten. Davor Lexi Siber, mutmaßliche neue Ladenbesitzerin, Gespräch über Beseitigung einer Leiche inklusive Sozialhygiene, 30 Minuten. Leitung Austausch Jagdhüttengesetz, 60 Minuten. Beistand beim Entladen eines unrechtmäßig geparkten Autos in der Giassa Maistra zwecks Verkehrsentlastung, 10 Minuten.

Tristan hatte inzwischen den Toyota auf den Gemeindeparkplatz gefahren.

Als er zurückkam, gab er Jonin einen Zettel mit etwas Text und vielen leeren Linien:

Fragebogen von Alexandra Siber: Was erwarten Sie sich von einer Wiedereröffnung des Dorfladens Butia in der Giassa Maistra 7, vis-à-vis Dorfbrunnen? Welche Produkte oder Dienstleistungen dürfen nicht fehlen? Fantasieren erwünscht.

»Was hältst du davon?«

»Glaubst du denn, das funktioniert?«

»Wir werden sehen. Fülle ihn bitte bis zwei Uhr aus, dann hole ich ihn ab.«

Danach zog er los, um den Fragebogen im ganzen Dorf zu verteilen.

Lexi war dabei, die Verkaufsregale zu leeren und zu reinigen. Das Wasser dafür holte sie immer noch vom Brunnen.

»Soll ich mich nicht darum kümmern, dass das Wasser im Haus wieder angestellt wird?«

»Das eilt nicht.«

»Es kostet mich ein Telefonat.«

Lexi sah ihn verlegen an.

»Jonin, ich weiß doch noch gar nicht, ob ich bleibe.«

»Das war mir nicht bewusst. Wovon hängt es denn noch ab?«

»Ach, von so vielem!«

»Ist etwas dabei, wo ich helfen kann? Ich würde mich nämlich sehr freuen, wenn du bleibst.«

»Das ist lieb, aber du hast schon alles getan.«

Dann zögerte sie.

»Jonin, du bist nicht etwa auch noch in mich verknallt?«

Er errötete, aber nur einen Hauch.

»Verknallt höchstens in dem Sinn, dass ich mir ein Mädchen wie dich als Schwiegertochter wünschen würde. Oder als Tochter.«

»Da bin ich froh. Zurzeit verknallen sich nämlich alle in mich. Es ist zum Verzweifeln.«

»Und du bist auch verknallt?«

Sie machte eine fahrige Bewegung.

»So lächerlich es klingt, ich habe mich in alle verknallt, die in mich verknallt waren. Irgendwie aus Dankbarkeit. Idiotisch, was? Und natürlich geht das so nicht weiter.«

»Nein, das klingt zu anstrengend. Aber solange nichts Ernsthaftes dahinter ist, wird immerhin kein Herz gebrochen.«

Eine Weile wischte Lexi mechanisch mit dem Lappen den jahrzehntelang herabgerieselten Verputz auf einer verschweißten Zwölferpackung Kochplattenreiniger hin und her.

»Eigentlich hatte ich vorhin nur so dahergeredet. Doch, Jonin, es wird gebrochene Herzen geben. Ich habe nur noch nicht entschieden, wessen.«

»Lass dein eigenes bitte heil.«

Er sagte das so treuherzig, dass sie lächeln musste. Sie hob den Eimer unter die Regalkante und schob endlich den zu Klumpen zusammengepappten Staub hinein.

»Dazu ist es zu spät, Jonin.«

»Unmöglich. Mit einundzwanzig hat man das Leben noch vor sich.«

»Ich habe dir doch schon gesagt, dass mein Herz viel älter ist. Aber du solltest, anstatt herumzustehen und zu plaudern, lieber Tristans Fragebogen ausfüllen. Womöglich bist du der Einzige, und er setzt so große Hoffnungen hinein.«

»Nur er, du nicht?«

»Morgen vielleicht wieder. Heute bin ich zu unausgeschlafen.«

Jonin setzte sich an den Ladentisch und las den Zettel nochmals durch.

Welche Produkte oder Dienstleistungen dürfen nicht fehlen? Fantasieren erwünscht.

Als Erstes schrieb er:

Ein unkomplizierter Mittagstisch (Sozialhygiene).

Danach kam ihm eine ganze Weile gar nichts weiter in den Sinn.

Lexi sah ihm über die Schulter.

»Vielleicht kannst du das noch etwas ausführen?«

»Was muss ich ausführen? Sozialhygiene heißt Plaudern.«

»Und unkompliziert?«

»Das weißt du doch, ein Schälchen mit Reis, Linsen und Schnittlauch vom Parkplatz.«

»Und Wasser vom Brunnen?«

Dann sprangen ihre Gedanken, Jonin erkannte keinen Zusammenhang.

»Heute bin ich übrigens ohne Kittel zu Flurina, und sie hat mich nicht mehr erkannt. Meine Ähnlichkeit mit Anna Tina ist vielleicht doch nicht so groß. Sie hat mich Rosa genannt, aber sie blieb bis zuletzt misstrauisch, wer ich bin.«

»Ich würde gern die Fotos noch mal sehen.«

»Die habe ich abgeknipst.«

Lexi entsperrte ihr Handy und reichte es ihm.

Er warf nur einen Blick darauf.

»Ich wüsste gern, ob man auf einem der Fotos die Cousine sieht, beziehungsweise wie sie heißt. Die Cousine, mit der Anna Tina angeblich immer tanzen ging.«

Ihre Erwähnung schien Lexi sonderbar zu verwirren.

»Stimmt, da war diese Cousine! Aber warum hältst du sie für wichtig?«

»Ich weiß nicht, ob sie wichtig ist, aber falls sie noch lebt, ist sie sicher eine gute Quelle.«

»Ja, vielleicht. Und jetzt schreib weiter, deine Liste muss noch viel länger werden.«

Damit wandte sie sich wieder den Regalen zu.

Um halb zwölf hatte Jonin die Vorder- und die Rückseite des Zettels vollgekritzelt, meistenteils mit Banalitäten:

Schreibartikel.

Toilettenartikel.

Biologische Artikel.

Auf ein paar Einträge war er aber auch stolz, weil er sie für originell hielt.

Echt römischer Bohnenkaffee (tazza d'oro).

Literatur zu Vogelstimmen.

Ein alpiner Pflanzkalender.

Eine Auswahl an Handwerksgeräten und Ersatzteilen der Firma Bosch in Profiqualität (stehe gern beratend zu Diensten).

Und für Mengia:

Eine Tauschbörse für Kriminalliteratur.

Seit einer geschlagenen halben Stunde versuchte Lexi, die riesige altmodische Registrierkasse zu begreifen. Er hatte ihr mehrmals seine Hilfe angeboten, aber sie bestand darauf, es allein zu schaffen.

Als er es nicht mehr aushielt zuzusehen, fragte er:

»Darf ich wenigstens dich und Tristan zum Mittagessen einladen?«

»Gern, aber ich esse höchstens etwas Salat.«

Er beschrieb ihr den Weg zur Schule und kaufte bei Men eines der traditionellen Fladenbrote mit Roggenmehl, dann erntete er im Garten dreierlei Blattsalate, verschiedene Kräuter und Beeren und machte sie zu Hause mit einer einfachen Sauce an: Olivenöl, Apfelessig, je eine Prise Salz und Zucker und eine Löffelspitze englischer Senf. Er schnitt auch ein großzügiges Stück aus dem letzten Käselaib der Alp Fuorcla Verda, von dem er drei Stück jeden Herbst direkt an der Kästeilet von einem der Bauern erstand und die er jeweils wie seinen Augapfel hütete. Zuletzt kochte er den Holunderblütensud auf, seihte ihn durch ein Tuch und mischte eine Suppenkelle voll mit Vanillesamen und Wasser vom Hahn – dem glasklaren, süßen Wasser der Val Pigna –, bevor er den Krug kühl stellte.

Lexi und Tristan kamen zwanzig Minuten zu spät und waren äußerst wortkarg, Jonin hätte gern gewusst, ob sie sich überworfen hatten oder nur müde waren, jedenfalls bestritt er die Tischunterhaltung so gut wie allein. Erst schwärmte er vom Käse, den er vor allem im ganz jungen Zustand unübertrefflich fand, in der Konsistenz so vollkommen wie im Geschmack, den er als »noch ganz unverblümt« beschrieb – eine Pointe, die er in dem Zusammenhang häufiger bemühte –, worauf er gleich nachschob, welche Blumen und Kräuter das Futter der Kühe auf der Alp Fuorcla verda im Einzelnen ausmachten und wie man jede einzelne herausschmecken konnte. Er bat Lexi und Tristan, ihn sich auf der Zunge zergehen zu lassen, und beschrieb den Käse als »Mosaik von Blütendüften«, obwohl dieser Laib, da er erst im Herbst ins Tal gebracht worden und davor schon mehrere Monate lang alle zwei Tage mit Salzlauge eingerieben worden war, seinen Charakter verändert hatte und mehr an den Ozean erinnerte, der sich vor Urzeiten hier, wo sie eben saßen, ausgebreitet hatte, wovon wiederum zahlreiche Spuren in den umliegenden Bergen zeugten, vor allem versteinerte Muscheln und Korallen.

Noch mitten im Essen bat Lexi darum, sich kurz aufs Sofa legen zu dürfen, danach taute Tristan etwas auf und erzählte Jonin von seiner Verteilrunde durch die Pignaer Haushalte. Er hatte ganze Arbeit geleistet, sogar mit dem Toyota die umliegenden Höfe abgeklappert. Gleich nach dem Mittagessen wollte er eine zweite Runde machen und die Zettel wieder einsammeln.

»Glaubst du nicht, man sollte den Leuten ein paar Tage Zeit zum Ausfüllen lassen?«

»Nein, Jonin, das wäre unklug. Sie würden den Zettel weglegen und nicht mehr daran denken. Und sie sollen spüren, dass es uns ernst ist.«

»Ist es das denn?«

»Das fragst du, weil Lexi gerade eine ihrer Launen hat.«

»Wer weßs, womöglich war die Laune, dass ihr überhaupt hergekommen seid.«

»Ich höre euch.«

Lexi lag mit geschlossenen Augen da und strich unablässig mit den Fingerspitzen über den Sofastoff aus Velours.

Tristan ignorierte sie.

»Das ist eine philosophische Frage, die nur Sinn macht, wenn wir davon ausgehen, dass es hinter den Launen eines Menschen einen tiefer liegenden wahren Kern gibt. Ein Weltbild, dass ich sowieso nicht teile. Der Mensch besteht aus Launen, basta, dahinter ist nichts Grundlegendes. Und zu Lexis Zustand: Zur Bewältigung einer Krise hilft nur eines, anpacken. Egal was, Hauptsache, es ist konkret. Denn nur das Konkrete kann mich erden, und nur die Erdung rettet mich vor der Wohlstandskrankheit unserer Generation, der Unentschiedenheit, die sich großartig als Zerrissenheit tarnt, als Verzweiflung angesichts der Vielzahl von Optionen, die uns offenstehen, in Wahrheit aber nichts weiter ist als die Angst vor der drohenden Erkenntnis, dass ich vielleicht nicht so toll bin, wie mir eine Jugend lang überall weisgemacht wurde, vielleicht nur Durchschnitt oder nicht einmal das. Was uns in diesen Zustand versetzt hat, ist die Unsitte, dass wir eine Kindheit lang von Lehrern und Eltern mit Lobhudeleien überhäuft worden sind, und entsprechend überrissen sind die Erwartungen, insbesondere unsere eigenen, denn die Alten erwarten von uns im Grunde überhaupt nichts, sondern wollten nur nett sein – eben weil sie uns die Standfestigkeit nicht zutrauen, die Wirklichkeit zu ertragen.«

»Jetzt bloß nicht noch deinen Exkurs über die Nettigkeit«, murmelte Lexi. »Er nennt die allgemeine Nettigkeit nämlich den Faschismus des einundzwanzigsten Jahrhunderts und vergleicht sie mit Umweltgiften wie Mikroplastik, das angeblich die Zeugungskraft unserer Generation zerstört.«

»Keine Angst, Schwesterherz. Aber es ist Jonins gutes Recht zu erfahren, ob du die Ladenidee nun durchziehst, schließlich hat er schon viel investiert.«

Jonin wehrte sich.

»Oh, darum ging es mir gar nicht …«

Doch er konnte Tristan nicht unterbrechen.

»Was ich Lexi heute Nacht gesagt habe, ist Folgendes …«

Lexi fuhr auf.

»Nein, bitte nicht.«

Die Schärfe in ihrer Stimme erschreckte selbst den Bruder.

»Ich will doch nur …«

»Nein! Was es zu sagen gibt, sage ich selber. Und ich sage es dann, wenn ich es für richtig halte.«

Tristan grinste schon wieder.

»Aye, aye, Frau General.«

»Generalin.«

»Aye, aye, Herr Generalin.«

Sie warf ein Kissen nach ihm, das beinahe den Krug vom Tisch gefegt hätte.

Jonin erhob sich.

»Wollt ihr vielleicht noch die Katzen sehen?«

Tristan stand so federnd auf, dass er fast sprang.

»Katzen sind immer gut.«

Auch Lexi, die sich nach dem Kissenwurf erschöpft wieder ins Sofa hatte fallen lassen, kämpfte sich hoch und strich zumindest halbwegs das Kleid glatt.

»Katzen passen irgendwie nicht zu dir, Jonin. Bist du nicht eher der Hundetyp?«

»Sie sind uns zugelaufen. Sie waren ganz mager und räudig. Aber nach ein paar Bädern in verdünntem Apfelessig und Massagen mit Rhizinusöl und Kokosfett hatten sie sich erholt. Jetzt warten wir seit ein paar Wochen darauf, dass sie abgeholt werden. Wir nennen sie Hercule und Poirot.«

Die Katzen saßen wie immer stoisch auf den Stufen ihres Katzenbaumes und starrten aus dem Fenster, als würden sie denken: Was lassen sich diese Bastarde von Herrchen so viel Zeit, uns abzuholen?

Als sie Jonin bemerkten, wandten sie kurz den Kopf, aber da er kein Futter brachte, ignorierten sie ihn gleich wieder.

»Sie bewegen sich nur von hier zum Katzenklo und wieder zurück. Man sollte denken, irgendwann gehen sie ein oder sie verfetten. Aber sie sind auf ihre Art vollkommen, findet ihr nicht?«

»Tristan hat dazu sicher eine Theorie.«

»Nein, keine Theorie, nur Neid. Jedenfalls finde ich die Viecher großartig.«

»Ja, ich auch«, gab Lexi zu.

Damit schien die Verbundenheit der Geschwister schon wiederhergestellt.

Nachdem sie in die Giassa Maistra zurückgekehrt waren, zog Lexi wortlos Anna Tinas Kittel über und verschwand im Hauseingang zu Flurinas und Theos Wohnung. Tristan hatte sich schon früher verabschiedet, um die Fragebogen einzusammeln, kam allerdings nach zehn Minuten wieder und gesellte sich zu Jonin, der im Keller die Tiefkühlwand daraufhin untersuchte, wie man sie am besten demontierte.

»Es ist zwecklos. Dein Zettel ist bisher der einzig vernünftige.«

Er zeigte ihm ein halbes Dutzend Fragebogen, auf denen so wenige und nutzlose Dinge standen wie:

Lasse mich überraschen.

Etwas nackte Haut wäre nicht schlecht, gehobener Standard, so was wie Penthouse. ABER BITTE FÜR FRAUEN!

Abwaschbürsten mit Wechselkopf.

Klopapier, dreilagig, fest. Gutes Klopapier zu finden, ist das Schwerste im Leben.

Knopfbatterien für mein Hörgerät (Asienimport).

Und jemand hatte die ellenlange Quittung eines Großverteilers mit Produkten von Wattestäbchen bis Chilisauce angeheftet und dazu geschrieben: *All das, aber billiger.*

13

Jonin klopfte sich den Staub ab.

»Offensichtlich nehmen sie euch noch nicht ernst. Ich komme mit dir. Dann kann ich mich gleich überall als Ordnungskraft einführen.«

Als Erstes gingen sie zu Clo, dem Sattler.

Über Jonins neuen Job lachte er nur. Und zu Tristan sagte er: »Ich schwöre, ich wollte was draufschreiben. Aber mir fällt nichts ein.«

Jonin fragte: »Was vermisst du denn in Pigna?«

»Na, etwas mehr Kundschaft wäre nicht schlecht.«

»Ist das alles?«

Clo dachte nach.

»Also, ich kann nicht kochen, und der Liun hat keinen Mittagstisch. Ich lebe von Aufbackpizza, aber vielleicht gibt es da noch was anderes. Es muss einfach in die Mikrowelle passen. Und mehr als fünf Franken liegen nicht drin.«

»Würdest du für fünf Franken aber auch rüber zum Laden kommen und dort eine Suppe essen?«

»Wenn man davon satt wird, klar.«

Die Flickschneiderin Silvia, eine ansonsten rüstige Siebzigjährige, nur mit Brillengläsern wie Flaschenböden, hatte geschrieben:

Glühbirnen.

»Die bekommst du doch bei Armin, dem Elektriker.«

»Er sagt, so starke, wie ich bräuchte, gibt es gar nicht. Ich sehe die Fäden nicht mehr. Ich hatte mal eine Lupenlampe, aber die funktioniert nicht mehr.«

»Dann soll Armin sie reparieren.«

»Er sagt, das lohne sich nicht, ich solle eine neue kaufen. Aber ich kaufe nichts Neues mehr, wozu auch?«

»Also brauchst du eigentlich jemanden, der dir die Lampe flickt.«

»Ja, so gesehen …«

Und ähnlich ging es fast in jedem Haus: Jonins Uniform war allenfalls einen Scherz wert, und die Zettel waren dürftig ausgefüllt. Aber wenn sie nachfragten, hieß es:

»Ich habe dich vor ein paar Tagen mit der Bohrmaschine durchs Dorf gehen sehen. Also wenn mir jemand die Wandlampe da …«

»Ich habe geschrieben, ich möchte Bücher, aber eigentlich meine ich nicht, ich will Bücher kaufen. Ja, das auch, aber vor allem will ich über die Bücher, die ich lese, reden. Mit meiner Frau Edith kann ich das nicht, die sitzt nur immer vor dem Bildschirm.«

»Mal wieder in Gesellschaft essen wäre schön.«

»Wenn ihr es genau wissen wollt: Ich kriege morgens diese verkackten Stützstrümpfe nicht an. Und ohne kriege ich bis zum Abend Beine wie eine Melone …«

Gegen sechs Uhr war die gesamte Südseite von Pigna abgeklappert.

Neben einem Warenkatalog, der in etwa dem eines normalen Dorfladens entsprach, zeichneten sich vier Bereiche ab, die Tristan die »Notstandszonen« nannte.

Damit kehrten sie zu Lexi zurück, die mit einer gewissen Grimmigkeit bereits wieder putzte, und Tristan rapportierte.

»Erstens: Jonins Mittagstisch wäre ein Großerfolg, vor allem, wenn wir den Leuten erlaubten, ihr Essen auch mitzubringen oder hier aufzuwärmen.«

Lexi furchte die Stirn, dabei zeichnete sich die Silhouette einer Schwalbe über ihrer Nasenwurzel ab.

»Und wo nehmen wir den Platz her?«

»Probleme sammeln ist der nächste Schritt, momentan geht es nur um Bedürfnisse. Zweitens: Mehrere Leute bräuchten täglich Hilfe bei der Körperpflege. Drittens: Manche sehnen sich nach Gesprächen mit etwas Tiefgang. Viertens: Viele bräuchten kleine technische Dienstleistungen oder würden auch nur gern mal eine Stichsäge oder eine Schleifmaschine ausleihen können.«

»Das alles ist in Pigna noch nicht möglich?«

»Das eine oder andere können wir durchaus schon bieten«, sagte Jonin. »Die Leute sind nur offenbar zu scheu, um darum zu bitten. Es bräuchte einen, der vorbeikommt und sie konkret anspricht. Und manches ist wohl auch zu intim, als dass man die Nachbarin darum bitten wollte.«

»Genau, denn da ist noch allerlei Versprengtes, Schwesterherz. Eine Frau hätte gern mal wieder Sex. Der Spengler wünscht sich ein Haustier, aber seine Frau ist dagegen. Ein Kochkurs wurde verlangt. Und jemand hat gemeint, wenn wir Kinder mitbringen könnten, hätte das womöglich Nachahmungswert.«

Lexi nahm ihm die Zettel ab und blätterte darin.

»Schön und gut. Was fangen wir jetzt damit an?«

»Heute gar nichts, Schwesterherz. Heute gehen wir zwei mal früh zu Bett und schlafen aus. Morgen klappere ich noch den Nordteil ab, dann ziehen wir Schlüsse.«

»Einverstanden, aber das Bett in der Mansarde ist zu klein für zwei. Und die Wohnung gehört dem Toten.«

»Ich kann euch eine Luftmatratze borgen. Sie ist fast so bequem wie ein Bett. Ich schlafe manchmal im Freien darauf. Wenn der Mond nicht scheint, ist der Sternenhimmel dicht wie ein Vorhang und ganz bunt. Schöner kann man nicht schlafen. Wenn ihr wollt, könnt ihr auch wieder bei mir essen.«

Lexi hatte aber schon bei Men Nudeln und Sugo gekauft. Als Tristan vorschlug, für Jonin mitzukochen, sagte sie freundlich, aber bestimmt:

»Ich ertrage heute keine Gespräche mehr. Ich werde ganz allein essen. Und davor oder danach, oder davor *und* danach, mache ich einen langen Spaziergang.«

»Lass mir aber was übrig, ja?«

Jonin schlug vor: »Tristan kann bei mir die Luftmatratze holen. Darf ich aber noch kurz fragen, Lexi, was dein Besuch bei Flurina gebracht hat?«

»Ich war nicht dort, damit es mir etwas bringt. Ich wollte ihr nur mit den Schuhen helfen. Aber wenn du wegen der Cousine fragst, sie hieß Monika.«

»Ist sie auf einem der Fotos?«

»Ja.«

Doch statt sie ihm zu zeigen, holte sie im Hinterzimmer ihr Jäckchen und verließ den Laden.

Jonin und Tristan machten sich auf den Weg zum Schulhaus.

»Gestern war sie noch ganz anders. Womit habe ich es wohl verbockt?«

»Gar nicht. Lexi hat so ihre Launen, das liegt in der Familie. Vermutlich steckt sie die Leiche doch nicht so locker weg. Oder das Telefonat mit Oma hat sie verwirrt. Und nicht zu vergessen: Sie steckt knietief in einer Beziehungskrise.«

»Hat sie dich deshalb in der Nacht angerufen?«

»Auch. Wegen allem, und noch mehr. Aber sie will nicht, dass ich darüber rede.«

»Sie hat mir selbst schon so manches verraten.«

Tristan wurde hellhörig.

»Ach?«

»Keine Details. Aber ich weiß immerhin, dass sie zwischen zwei Lieben steht, mindestens zwei, und dass sie sich für eine entscheiden muss. Maximal eine.«

»Da weißt du mehr als ich! Mir hat sie nur gesagt, dass sie sich Sorgen macht, Flo könnte durchdrehen und etwas anstellen.«

Flo war also ihr Freund.

»Wohnen sie denn zusammen?«

»Keine Ahnung. Seit zwei Wochen ist Lexi wieder zu Hause in Rheineck bei Mama und Papa. Ob das der neue Dauerzustand ist, weiß ich nicht.«

»Was könnte Flo denn wohl anstellen?«

»Hat sie mir ebenfalls nicht verraten. Sie hat mich nur gebeten, ihm – wie sagt man in den Groschenromanen so schön? – auf den Zahn zu fühlen.«

»Und?«

»Gestern war ich bei ihm. Erst wollte er mich gar nicht reinlassen. ›Wenn Lexi ihre Sachen haben will, soll sie den Mut haben, selber herzukommen.‹

Ich: ›Sie braucht nichts. Sie macht sich nur Sorgen um dich.‹

Er: ›Um mich? Jetzt plötzlich, ja? Und wieso haut sie dann so mir nichts, dir nichts ab?‹

Ich: ›Das weißt du wohl selbst am besten.‹

Er: ›Einen Scheißdreck weiß ich!‹

Du siehst, alles war sehr sonderbar. Er hat mich dann doch reingelassen, und bei einem Bier hat er mir erzählt, dass Lexi in den letzten zwei, drei Monaten sonderbar still gewesen sei. Er hat das auf ihre Semesterarbeit geschoben, sie hatte sich da richtig reingekniet und war fast Tag und Nacht in der ZB.«

»ZB?«

»Zentralbibliothek. Da hat sie gearbeitet, weil sie sich zu Hause nicht konzentrieren konnte. Flo ist Trompeter in Ausbildung und übt zu Hause.«

»Verstehe. Und er kam nicht auf die Idee, dass sie eine Affäre haben könnte?«

»Nein. Ich offen gestanden auch nicht. So was passt nicht zu Lexi.«

Genau das könnte ihr Dilemma sein, dachte Jonin, aber er sagte nichts.

»Flo dachte, es habe damit zu tun, dass sie ein Kind gewollt hat und er nicht. Er fand, sie seien noch viel zu jung, sie verdienten noch nicht mal. Allerdings hat er vor ein paar Wochen dann wohl doch eingewilligt. Aber inzwischen wollte sie selber nicht mehr.«

»Mit welchem Argument?«

Tristan lachte.

»Du willst es aber ganz genau wissen! Flo war inzwischen beim dritten Bier, und ich habe nicht mehr alles mitgekriegt. Ich glaube, sie fand, sie wolle kein Kind aus Mitleid, sondern eines aus Liebe.

Flo hat darauf wohl etwas gesagt wie:

›Scheiße, du weißt genau, dass ich dich liebe! Wieso mache ich sonst das ganze Theater mit?‹

Sie: ›Ja, mag sein. Aber ich bin mir nicht mehr sicher, ob ich dich genug liebe.‹

Das hat natürlich gesessen.«

»Und noch immer kam er nicht auf den Gedanken, dass sie ihn vielleicht betrügt?«

»Du kennst Lexi schlecht. Sie macht so was einfach nicht.«

»Ehrlich gesagt bin ich froh, das zu hören. Wobei ich gerade an einen Mann in Ardez denken muss, einen richtig lieben Kerl. Ich kenne ihn, weil er unter anderem Vertreter für Reinigungsmaschinen war. Außerdem Sanitätsfahrer, im Männerchor und bei der Feuerwehr. Dazu war er dreifacher Familienvater. Er war der Typ, dem man sein letztes Erspartes anvertraut. Trotzdem hat er eine Reihe Scheunen abgefackelt. Als er erwischt wurde, hat er gesagt: ›Zu Hause wird es mir manchmal einfach zu eng, die Kinder schreien so viel. Wenn wir einen Brand löschen, wird natürlich auch geschrien, aber irgendwann ist der Brand gelöscht, es gibt ein Bier, und wir quatschen gemütlich. Außerdem fühlt es sich gut an, ein

Feuer gelöscht zu haben, am nächsten Tag klopfen einem alle auf die Schulter. Zu Hause mit den Kindern kannst du fast durchdrehen, und es interessiert kein Schwein.‹«

Sie hatten die Wohnung erreicht, Jonin öffnete den Kühlschrank und bot Tristan ein Bier an. Damit setzten sie sich auf die Terrasse.

Die Amsel besang auch jetzt wieder ihr Eheglück. Die Sonne stand dicht über den Lärchenwipfeln des Piz Lad, und im Himmel schwebten Dunstschleier. Dennoch war es noch heiß, und Jonin hätte gern gewusst, wie viel so eine Amsel trank, damit ihr nicht die Kehle verdorrte.

Tristan war nachdenklich.

»Wieso glaubst du, dass Lexi einen anderen hat?«

»Halt, das habe ich nicht behauptet. Sie hat mir nur verraten, dass sie nicht wird vermeiden können, das eine und andere Herz zu brechen. Auch ihr eigenes. Deshalb zieht es sie hierher: In Pigna werden gebrochene Herzen wieder heil.«

Tristan lachte.

»Das ist mutig behauptet, Jonin. Die Leute, die wir heute besucht haben, schienen mir nicht glücklicher als die in Zürich oder Bümpliz.«

»Nein, die Sorgen der Leute hier sind nicht kleiner, aber der Umgang mit den Sorgen ist ein anderer. Die Val Pigna schenkt ihren Bewohnern Zuversicht. Man ist so besorgt wie überall, aber man verzweifelt nicht so schnell wie sonst überall.«

»Das lässt sich leicht messen, anhand der Selbstmordstatistik.«

»Natürlich bringen sich auch bei uns Leute um. Gegen manche Schicksalsschläge ist selbst die Val Pigna machtlos. Trotzdem, sieh dich doch um!«

Inzwischen war die Sonne untergegangen. Im Westen türmten sich über dem Kesselrand der Val Pigna Gewitterwolken, und einzelne Donnerschläge klangen herüber, fern und dumpf wie vom Liun her die Bauchpauke der Harmoniemusik, wenn bei offenem Fenster geprobt wurde. Einzelne Wolken regneten auch bereits aus, der Regen zog sich als blauer Schleier über die Bergflanken, und wenn der Wind heftiger ging, trug er den Duft von Sommerstaub und feuchten Lärchennadeln mit sich. Dass es auch hier gewitterte, war wohl nicht zu befürchten, denn die Heuwender der Bauern fuhren in ruhigen Schlaufen über die Hänge und schleuderten das Gras durch die Luft wie Kinder, die versuchen, im Herbst das dürre Laub zum Schweben zu bringen. Fünf oder sechs Schwalben hatten sich im Schulhof niedergelassen und pickten Fliegen vom noch sonnenwarmen Pflaster. Irgendwo im Wald rief ein Kuckuck, und je nachdem, woher der Wind kam, hörten sie das Rattern eines Spechts, das klang wie eine alte Schreibmaschine.

Jetzt drängte es auch Tristan nicht mehr zu sprechen. Schweigend tranken sie ihr Bier in kleinen Schlucken. Einige wenige Grillen zirpten, und die letzten Bienen suchten ihren Stock.

»Verstehe«, sagte er nur irgendwann.

Und als er sich erhob, tat er es leise und behutsam wie in der Kirche.

14

Jonin notierte gerade im Mondschein in sein Handy: *Nachmittags Dorfrundgang. Beliebtmachung des neuen Dorfpolizisten und des Dorfladenprojekts, 100 % Sozialhygiene.*

Da rief Mengia an. Noch bevor er abnahm, fiel ihm erschrocken ein, dass er die Katzen nicht gefüttert hatte.

Aber Mengia fragte nicht einmal danach.

»Und hast du den Mörder?«

Sie kicherte albern.

»Du hast getrunken.«

»Nein. Ein Glas. Zwei. Aber du weichst aus.«

Jonin überhörte sie.

»Am Montag hast du schon behauptet, die Butia sei eine Mördergrube, oder ähnlich. Wie kommst du darauf?«

Während er redete, schlich er hinein, um eine Büchse Katzenfutter zu öffnen. Er schämte sich für sein Versäumnis. Hercule kam gleich angerannt und maunzte, es war das erste Mal, dass er seine gleichgültige Haltung verlor.

»Das hat man uns als Kindern eben so gesagt. Willst du mich jetzt wegen übler Nachrede verhaften?«

»Sehr originell. Ich will überhaupt keinen verhaften. Ich darf gar keinen verhaften. Aber ich wüsste immer noch gern, was passiert ist.«

»Und was sagt dir deine Intuition?«

Sie kicherte wieder.

»Dass man mit dir nach zehn Uhr nicht mehr telefonieren kann.«

Während die Katzen sich mit den Köpfen über die Futterschale drängten, füllte er ihren Trinknapf nach.

»Wir haben nur ein bisschen gefeiert. Andrea wird Teilhaberin einer Modeboutique.«

»Was gibt es daran zu feiern? Soviel ich weiß, führen die Ehefrauen von Bankangestellten diese Boutiquen, um nicht zu Hause aus Langeweile zu sterben. Sondern im Laden.«

»Miesepeter! Mag sogar sein, dass du recht hast, aber sie freut sich nun mal, und dann freue ich mich eben mit.«

»Prost.«

»Deine Klientin wird für den Dorfladen wohl ähnliche Beweggründe haben.«

»Bei ihr ist es Liebeskummer.«

»Noch übler! Seit wann hilft ein Laden gegen Liebeskummer?«

Das war eine Frage, über die er gern nachdenken wollte. Doch Mengia ließ ihm dazu keine Zeit.

»Hast du die Katzen gefüttert?«

»Ja, natürlich. Du brauchst nicht jedes Mal zu fragen. Ich finde übrigens, wir sollten sie weggeben.«

»Und wenn die Besitzer sich melden?«

»Wir könnten eine Leihfamilie für sie suchen.«

»Mist, ich hätte Andrea fragen können! Aber jetzt hat sie ja diese Boutique.«

»Wer passt dann eigentlich auf die Kinder auf?«

»Bestimmt nicht zwei Katzen.«

»Du, stimmt's?«

»Ja, aber nur zwei Tage die Woche, höchstens drei. Oder vier.«

Kichern.

Jonin seufzte.

»Mengia, hättest du dir je vorstellen können, dass wir zwei in einer Fernbeziehung enden?«

»Enden? Ich habe noch lange nicht vor zu enden, mein Lieber. Das alles ist doch nur, bis die Kinder in der Schule sind.«

»Und was bezahlt Andrea dir dafür?«

»Jonin, schäm dich. Es sind unsere Enkel, und sie brauchen mich.«

»Das stimmt. Hercule und Poirot dagegen sind mit mir nicht verwandt, und ich habe keine Lust mehr, sie durchzufüttern. Apropos verwandt: Kennst oder kanntest du in Pigna eine Monika?«

»Nein, wer soll das sein?«

»Anna Tinas Cousine.«

»Sieh auf dem Friedhof nach.«

»Das ist eine gute Idee.«

»Sie ist von Agatha Christie. Gute Nacht.«

Nachdem sie aufgehängt hatten, nahm Jonin sich ein zweites Bier und setzte sich nochmals nach draußen. Der abnehmende Mond hatte heute die Form einer liegenden Pauke. Keiner Bauchpauke zwar, sondern einer Kesselpauke, trotzdem erinnerte sie ihn an Ramun, den Jäger.

Gleichzeitig ließ Mengias flapsige Bemerkung ihn nicht los: »Seit wann hilft ein Laden gegen Liebeskummer?«

Ein noch völlig diffuses Gefühl sagte ihm, dass da eine Verbindung war. Oder wünschte er sich nur, es wäre so? Ein Kommissar sollte sich hüten, zu schnell zu urteilen. Ungeduld verführt zu Fehlern. Was also konnte die Verbindung sein?

Er murmelte vor sich hin:

»Die Jagd und die Liebe.

Die Beute und die Ware.

Blut und Geld.

Rauben und Kaufen.«

Nein, das führte nirgendwohin. Sein Magen knurrte, Jonin fiel ein, dass er das Abendbrot vergessen hatte.

Doch statt aufzustehen und sich etwas zu holen, grübelte er weiter.

»Hunger und Fülle.

Jagdhunger, Liebes...«

Falsch, Mengia hatte nicht von erfüllter Liebe gesprochen, sondern von Liebeskummer. »Blutdurst und Liebeshunger ...«

Das zweite Bier war ihm zu Kopf gestiegen. Eigentlich hatte er noch Lexis sonderbarer Laune auf den Grund gehen wollen, aber bevor er dazu kam, schlief er ein.

Das ordinäre Summen einer Mücke an seinem Ohr ließ ihn hochfahren. Der Mond war hinterm Haus verschwunden, durchs Fenster sah er Hercule und Poirot unablässig von einem Podest zum anderen springen und wieder zu Boden. Es war wie ein stummer, gespenstischer Tanz um den Katzenbaum. Ob sie ihn jede Nacht aufführten? Das würde erklären, warum sie bei aller Trägheit immer noch so wohlgeformt und trainiert wirkten.

Jonin stand auf, er machte allerdings schon auf dem Sofa wieder halt, weil ihm aufgefallen war, dass er noch immer die Bierflasche in der Hand hielt und in der Flasche ein letzter Schluck war, den er gebührend genießen wollte. Dann sah er wieder Lexi vor sich, wie sie hier gelegen hatte, das erinnerte ihn an seine Denkaufgabe von vorhin, und weil es ihm klug erschien, sich in dieselbe Position zu begeben, um ihr gedanklich näher zu sein, legte er sich lang und schlief gleich wieder ein.

Als er morgens zu seiner üblichen Zeit aufwachte, hatte er von Lexi und Flurina geträumt, die miteinander eine Art Bärentanz vollführten. Theo begleitete sie, indem er auf ein Fass trommelte und in vollem, wohltönendem Bass »Titties and Beer« sang. Er selber versuchte währenddessen Tristan zu helfen, den defekten Toyota Corolla zu reparieren, der dringend benötigt wurde, damit sie alle fünf aus der Gefahrenzone fliehen konnten, die im Traum die »rote Zone« hieß: Ein furchtbares Unwetter sollte hier hereinbrechen, doch wann? Bekannt war nur, dass die Meteorologen den Sturm auf den Namen »Monika« getauft hatten. Gleich darauf sah er eine Wasserhose von den Ausmaßen eines Wolkenkratzers auf sich zukommen und versuchte vergeblich, Tristan darauf aufmerksam zu machen, denn der verlor sich seit Längerem – und zwar mit Mengias Stimme – in endlosen Auslassungen über die Bedeutung von Stürmen und ihren Namen in der griechischen Mythologie.

Jonin schlurfte in die Küche, löste sich ein Aspirin auf und fütterte die Katzen. Inzwischen saßen sie wieder stoisch im Fenster, allerdings mit vertauschten Plätzen, so als hätte er sie mitten im Tanz überrascht und sie hätten die gewohnte Ordnung verpasst.

Da Jonin nicht daran gedacht hatte, Milch zu kaufen, aß er seine Frühstücksflocken trocken und direkt aus der hohlen Hand, als wäre er ein Kutschpferd. Den lieben langen Tag einen Wagen zu ziehen, stellte er sich angenehm vor, man konnte dabei nicht viel falsch machen, und abends wusste man, was man geschafft hatte.

Um neun Uhr erreichte er den Friedhof. Er war nun schon in dem Alter, in dem dort fast überall alte Bekannte liegen.

Die meisten Grabstätten in Pigna waren Familiengräber, die Inschriften auf den Tafeln reichten mehrere hundert Jahre zurück. Er fand auch die eine oder andere Monika, manchmal mit k geschrieben, öfters mit c, aber vom Alter her passte keine zu ausgelassenen Tanzabenden in den Siebzigerjahren.

Hendriks Grab war überhäuft mit Spielzeug und lustigen Figuren, in der Mitte lag die Single von Led Zeppelins »Stairway to Heaven«, aus ihrem Loch wuchs eine Plastikpalme.

Jonin besuchte auch das Grab seiner Eltern und goss den Kriechwacholder, obwohl nach der Hitze der letzten Tage die

Rettung wohl zu spät kam. Laut genug, dass es bis ins Grab dringen konnte, schimpfte er über seine eigene Nachlässigkeit.

Dann rief er Corsin, den Gemeindeschreiber, an.

»Hör zu, Anna Tina hatte eine Cousine, eine Monika. Die müsste doch auch in deinen Büchern vermerkt sein.«

Corsin versprach nachzusehen und rief eine Viertelstunde später zurück.

»Anna Tina hatte überhaupt keine Cousine. Das hat mir telefonisch auch gerade noch ihr Nachlassverwalter bestätigt, und der muss es wissen. Er hat notgedrungen den ganzen Stammbaum erforscht.«

»Überhaupt keine Cousine? Auch keine mit anderem Namen?«

»Nein, keinen Cousin, keine Cousine.«

»Oder sonst eine Monika in der Verwandtschaft?«

»Nichts als einen kinderlosen Onkel und ihren Bruder Jöri, der eine Tochter hatte.«

Das musste Lexis Mutter sein.

Als Jonin zum Laden kam, wollten die Geschwister gerade aufbrechen, um den Nordteil von Pigna zu interviewen.

»Wartet, ich habe eine Neuigkeit wegen Monika.«

»Bin ganz Ohr«, versicherte Tristan.

Lexi dagegen schenkte Jonin kaum einen Blick, dann ging sie die zwei Schritte zum Brunnen und füllte ihr Trinkfläschlein.

»Es gibt keine. Keine Monika und überhaupt keine Cousine.«

Tristan rief: »Ha!«

Lexi nickte nur flüchtig, als hätte sich bestätigt, was sie längst wusste. Dann wechselte sie das Thema.

»Jonin, ich habe wieder Kichari aufgesetzt, diesmal mit Mungbohnen und Vollkornreis. Wenn du mitessen willst, sei um zwölf hier.«

»Und was tue ich bis dahin? Ich habe Zeit.«

»Wenn du sonst nichts zu tun hast, baue die Regale beim Fenster ab, wir brauchen im Laden viel mehr Platz.«

Damit hatte er gerade begonnen, als Flurina neben ihm stand. Sie hatte sauber geschnürte Schuhe und frisch lackierte Nägel, diesmal in Türkis.

»Das trifft sich gut, Flurina, zu dir wollte ich gleich auch noch.«

»Ich suche Anna Tina.«

»Hat sie dir die Schuhe gebunden?«

»Nein, das war Rosa. Ich suche Anna Tina.«

»Die kommt erst am Mittag wieder. Und ich suche Monika.«

Flurina sah ihn verwirrt an.

»Anna Tinas Cousine.«

»Ach so. Ich weiß nicht, wo die ist. Ich weiß nicht mal, wo Anna Tina ist.«

»Aber du hast Fotos von den beiden, zeigst du mir die?«

»Die sind oben.«

»Ja, ich weiß.«

Sie zögerte.

»Nur damit du es weißt, ich habe einen festen Freund.«

»Ja, Theo, den kenne ich gut. Ich will wirklich nur die Fotos sehen.«

»Na schön.«

Sie machte kehrt und ging zu ihrem Haus.

»Weißt du, nicht dass wir spießig wären. Aber etwas Festes kannst du von mir nicht erwarten.«

»Danke, mich interessieren wirklich nur die Fotos.«

»Pfui, das sagt man einem Mädchen nicht so unverblümt.«

Sie stieß die Tür auf, dass sie gegen die Wand prallte, und trampelte die Treppe hoch.

»Ich bin wieder da!«

Jonin keuchte hinterher. Die zwei Bier und die Nacht auf dem Sofa waren noch nicht überwunden.

In der Wohnung war Rosa – die echte Rosa von der Spitex, die seit Jahren Alte und Kranke in Pigna betreute – dabei, die Wohnungseinrichtung zu entstauben. Theo sang im Bad das *Lied der Schlümpfe*, er schien zu duschen.

Das Fotoalbum lag wieder auf der Kommode, Flurina schlug es auf.

»Hier, das bin ich als Sandy. Kennst du *Grease*? Du kennst doch *Grease*? Und hier auf dem Mofa bin ich unterwegs nach Zürich. Mach mir das mal nach!«

»Und Monika?«

»Du Kerl weißt wirklich nicht, wie man einer Frau Komplimente macht! Da hast du deine Monika.«

Erst schlug sie die Seite mit dem Bild auf, das sie mit Anna Tina an der Party zeigte. Die anderen Fotos auf der Seite waren herausgefallen, nur die Fotoecken waren noch da. Flurina fand sie weiter hinten lose zwischen zwei Seiten. Eines zeigte Flurina, noch in Tunika, aber inzwischen ohne Römersandalen, wie sie mit dem Jungen hinterm Plattenspieler diskutierte. Das dritte Bild zeigte sie in einer Art Ausdruckstanz, während Anna Tina und ein Mädchen in goldenem Glitzeranzug und mit wehenden blonden Locken nicht geschlossen, aber innig Hand in Hand tanzten.

»Das ist Monika.«

Rosa wischte gerade um sie herum Staub.

»Darf ich mal eben? Wie lustig, das Foto kenne ich. Jedenfalls die rechte Hälfte, ohne Flurina.«

»Das ist Monika«, wiederholte Flurina.

»Nein, sie heißt Marlene, wobei alle sie Lene nennen.«

»Sag ich doch.«

Jonin witterte Morgenluft.

»Marlene und wie noch? Und wo wohnt sie?«

Rosa zögerte.

»Komm schon, Rosa, wir kennen uns doch. Und ich bin jetzt Polizist.«

»Das ist es ja eben.«

»Hat sie etwas ausgefressen?«

»Das weiß ich doch nicht. Es ist nun mal nicht anständig, jemanden bei der Polente zu verpfeifen.«

»Du verpfeifst sie nicht, ich brauche sie nur für eine Auskunft. Es geht um eine Erbschaft.«

»Ich glaube nicht, dass sie noch Wert darauf legt, zu erben.«

»Es geht auch nicht um sie, sondern um ein junges Mädchen. Um die Großnichte der Frau im karierten Sakko.«

Rosa fuhr leicht zusammen.

»Anna Tina ist tot? Wann ist sie gestorben?«

»Du kennst ihren Namen?«

»Ich bin seit so vielen Jahren bei Lene, da haben wir natürlich darüber geredet. Es ist das einzige Bild überhaupt, das bei ihr hängt. Oh, das tut mir jetzt leid!«

Flurina verdrehte die Augen.

»Ich habe Besseres zu tun, als eurem Gesülze zu lauschen.« Sie verschwand bei Theo im Bad.

»Wenn du mir ihre Nummer gibst, erzähle ich Lene, was ich von Anna Tinas Tod weiß.«

»Sie hat kein Telefon. Sie hat nicht mal Strom. Sie lebt tief im Wald. Alle zwei Wochen bringe ich ihr Medikamente, und dann und wann fährt ein Forstarbeiter sie nach Zernez, damit sie einkaufen kann. Sie ist nämlich nicht mehr gut zu Fuß. Also schön, kennst du das Bahnwärterhäuschen von Carolina?«

»Ja.«

»Wenn du dort das Bahngleis überquerst und über die bewaldete Kuppe kletterst, kommst du direkt zu ihr. Es gibt auch einen Fahrweg über die Wiesen Richtung Murtaröl, aber ich nehme immer die Abkürzung.«

Jonin fand Lexi in Anna Tinas Küche, im Zeitlupentempo rührte sie im Kichari, während ihr Blick ins Leere ging. Er ließ sich atemlos auf einen Stuhl fallen.

»Da hätten wir noch lange suchen können. Sie heißt nicht Monika, sondern Marlene.«

Lexi zeigte keine Regung.

»Natürlich«, murmelte sie.

»Natürlich was?«

»Natürlich heißt sie Marlene.«

»Müsste ich das verstehen?«

Sie schüttelte den Kopf, dass ihr Haar wehte, und wandte sich endlich um.

»Wo wollen wir essen?«

Ihr Blick war offen und klar, wie er ihn kannte, und doch war etwas darin erloschen. Er musste kurz überlegen. Der kindliche Zug war fort, die blinde Zuversicht, die ihn in den ersten Tagen betört hatte.

»Ich fahre jedenfalls heute Nachmittag hin. Marlene wohnt in der Nähe von Zernez.«

Ein knappes Nicken zeigte an, dass sie ihn gehört hatte.

»Nimm doch drei Teller und drei Löffel, ich schnappe mir den Topf, und wir treffen Tristan in deinem Garten.«

»Meinetwegen.«

Lexi tippte eine kurze Nachricht. Dann bedeckte sie das Kichari mit einem Deckel, schlüpfte in die Flipflops, die sie zum Kochen ausgezogen hatte, fasste den Topf durch ein Geschirrtuch hindurch und trug ihn hinunter.

»Sehr weit bist du mit den Regalen nicht gekommen«, stellte sie fest, als sie durch das Ladenlokal gingen.

15

Sie aßen an einem der schweren, unverwüstlichen Holztische mit Bänken aus halbierten Baumstämmen, die allen Gartenbenutzern zur Verfügung standen, aber von den Dorfbewohnern in der Regel nur dazu verwendet wurden, um dort die Einkaufstasche abzulegen, wenn sie kamen, um ihren Salat zu ernten, Gießkannen zu deponieren oder die frisch gepflückten Beeren auszuschütten, um Stielenden, Blattstückchen, Raupen und Schnecken zu verlesen. Außerdem stapelten sich dort ausrangierte Bastkörbe und Blumentöpfe. Lexi hatte einen der Tische freigeräumt, geschrubbt und mit Kapuzinerkresse geschmückt. An ihm saßen sie im Schatten eines sicher mehr als hundert Jahre alten, krumm gewachsenen Gravensteiner Apfelbaums, der über den Gartenzaun der Perls ragte. Jonin kam sich vor wie ein Sommerfrischler und schämte sich ein wenig. Dabei verbrachten sie eine sehr wohltuende Stunde, in der kein Wort über den Laden, über Roberts Leiche, Anna Tina oder Marlene fiel. Sie unterhielten sich belanglos, doch durchaus inspiriert über das Gärtnern, über die Vorzüge schrottreifer Autos wie Tristans Toyota Corolla, über Haarmoden und den maßvollen Umgang mit Suchtmitteln. Jonin gab ein paar Anekdoten aus seinem Leben als Schulwart zum Besten, und Tristan, der angeblich recht erfolgreich um Geld Poker spielte, versuchte vergeblich, Jonin das Ziegenproblem zu erläutern, ein logisches Problem aus der Spieltheorie. Zum Nachtisch aßen sie Erdbeeren direkt vom Feld, und als sie auseinandergingen –

Jonin hatte sich versehentlich auf eine Erdbeere gesetzt und musste sich umziehen –, fühlte er sich ganz beschwingt.

Nach ein paar Schritten drehte er sich noch mal um und rief:

»Wollt ihr vielleicht zwei verhaltensauffällige Katzen in Pflege nehmen?«

»Was, gibst du Hercule und Poirot weg?«

»Zumindest, solange sich der rechtmäßige Besitzer nicht meldet.«

»Die nehmen wir jederzeit, was, Schwesterherz? Aber Vorsicht, so leicht geben wir sie nicht wieder her.«

Lexi nickte. Dann sagte sie leise:

»Ja, das brächte einen neuen Geist ins Haus.«

Pfeifend zog Jonin sich zu Hause um, trank einen doppelten Espresso, um das Restkopfweh zu vertreiben, und rief, während er zum Auto ging, Mengia an.

»Ich fahre nach Zernez. Brauchst du von dort etwas?«

»Lieb, dass du fragst, aber ich wüsste nichts, was es nicht auch hier in Aarau gäbe. Guten Tag übrigens.«

»Ja, guten Tag. Bestimmt ist Aarau unschlagbar. Ich kam nur nicht auf die Idee, dass du jetzt schon das Klopapier von dort anschleppst. Und du sagtest, wir brauchen Zitronen.«

»Na schön, kauf ein Kilo Zitronen und sechs Kilo Zucker. Und meinetwegen auch Klopapier. Dringender wären aber Taschentücher, wenn du sagst, dass jetzt gemäht wird.«

Mengia litt an Heuschnupfen.

»Dann ist es doch gut, dass ich angerufen habe.«

»Deine Anrufe sind immer willkommen, mein kleiner Kommissar. Was tust du in Zernez?«

»Ich befrage eine Zeugin.«

»Hoppla, das klingt schon fast professionell. Darf ich dir einen Tipp geben?«

Er dachte Nein und sagte Ja.

»Ich gebe dir zwei. Erstens: Rassle nicht stur einen vorbereiteten Fragenkatalog runter, sondern halte das Gespräch persönlich. Erzähl von dir. Greife Dinge wieder auf, die sie erwähnt hat.«

»Schon klar. Und zweitens?«

»Zweitens: Lass deine Zeugin reden, auch wenn sie vom Thema abkommt. Lass sie auch mal schweigen. Sei geduldig.«

»So, so. Welcher deiner Kommissare macht das so?«

»Weiß nicht. *Ich* würde das so machen.«

Nachdem sie aufgelegt hatten, war Jonins Leichtigkeit erst einmal dahin. Aber sie kehrte schon wieder, als er auf der engen, gewundenen Straße den Dorfhügel hinabfuhr und nach der Talsenke in den Wald einbog. Er fuhr schnell, dabei pfiff er ein Lied vor sich hin, das Tristan beim Beerenpflücken gesungen hatte, etwas mit »Erdbeermund«.

Fast überfuhr er dabei einen Fuchs, der im letzten Moment vor dem Auto über die Straße gehuscht war. Nachdem er sich vom Schreck erholt hatte, nahm er es gemächlicher. Er schaltete einen Gang tiefer, ließ das Fenster hinunter und genoss das Durcheinander von Vogelstimmen, Fahrwindrauschen und Motorenlärm.

Zernez durchquerte er, ohne anzuhalten, und erreichte bald die Abzweigung, die ihn zum früheren Bahnwärterhäuschen von Carolina führte. Er parkte in der Wiese, stieg übers Bahngleis und kletterte bergwärts. Er bewunderte Rosas Kondition, er wusste aber auch, dass sie das Kind von Bergbauern war.

Nach vielleicht zehn Minuten erreichte er ein Rinnsal, das musste die Ova da Pülschezza sein, und war wenig später vor einer Blockhütte, die zwischen hohen Lärchen und Fichten stand, als wäre sie dort aus dem Boden gewachsen. An einer Wäscheleine zwischen zwei Baumstämmen schaukelten verschiedene Kleidungsstücke sowie eine Art Schlafsack, alle aus rohem Leinen, in dem fast unmerklichen Lüftchen, das vom Berg herabstrich. Die Haustür stand auf, und als Jonin näher trat, sah er drinnen eine Frau auf einem Schemel sitzen und ein Loch in einem weiteren solchen Leinenstück stopfen. Als sein Schatten auf sie fiel, blickte sie hoch, stand etwas umständlich auf und kam zu ihm. Die Tür war so niedrig, dass sie sich tief bücken musste, und Jonin trat zur Seite, um ihr Platz zu machen. Dabei hielt sie sich unauffällig mit einer Hand am Rahmen fest, in der anderen hielt sie noch immer die Stopfarbeit. Als sie sich draußen behutsam aufrichtete, wunderte Jonin sich nicht nur über ihre Größe, sondern über die gesamte Gestalt. Die Frau überragte ihn um mehrere Zentimeter, und Jonin war nicht der Kleinste. Ihre Hosen und das ärmellose Oberteil waren ebenfalls aus diesem ungefärbten Leinen und hingen, obwohl sie eher schmal geschnitten waren, doch so lose an ihr herab, als wäre sie eine Stabpuppe. Dabei wirkte sie nicht mager, ja, ihre Haut war für eine Achtzigjährige außergewöhnlich straff und ihre Lippen so gut durchblutet wie die eines jungen Menschen. Sie schien auch früher muskulös gewesen zu sein. Das weiße, volle Haar war zu einem Pagenkopf geschnitten und auf einer Seite mit einer Haarnadel zurückgesteckt, sicherlich damit es ihr bei der Stopfarbeit aus dem Weg war. Die Gesichtsform war klassisch, die Nase so gerade und schlicht geformt, als wäre sie erst die Skizze zu einer ausgearbeiteten Nase, während das von der Haarnadel freigelegte Ohr wiederum unüblich ausgeprägt schien und Jonin an die Schnecke des Cellos erinnerte, das Mengia früher gespielt hatte und das nun seit Jahren im Kleiderschrank stand. Das Kinn der Frau war gleichzeitig fein und markant. Doch das Besonderste war der Blick aus den schiefergrauen Augen mit ihren grünen und bräunlichen Einsprengseln, der so wach und neugierig auf ihm lag, als wäre er der erste Mensch, der ihr begegnete, oder als hätte sie inzwischen alle anderen vergessen und sähe in ihm ein reines Wunder der Natur.

»Sie habe ich hier noch nie gesehen. Schickt Sie jemand?«

»Nicht direkt. Sind Sie Duonna Marlene?«

»Einfach nur Lene.«

»Ich bin Jon Salutt, Gemeindepolizist von Pigna. Man nennt mich Jonin.«

Beim Wort »Pigna« war sie unmerklich zusammengezuckt. In kleinen Schritten ging sie zur Bank, die neben der Tür unter der überbreiten Dachtraufe stand, immer eine Hand am Holz, und setzte sich.

»Meine Beine wollen nicht mehr so recht. Und wir wollen doch vermeiden, dass Sie mich von der Erde aufkratzen müssen, nicht wahr?«

Lächelnd klopfte sie mit der flachen Hand neben sich auf die Sitzfläche.

»Kommen Sie, setzen Sie sich zu mir, damit ich nicht zu Ihnen hochsehen muss. Meine Augen sind empfindlich, und im Gegenlicht sehe ich Sie nicht richtig. Während der übrige Körper nachlässt, werden die Augen immer besser. Am klarsten sehe ich im Dunkeln. Halten Sie es für möglich, dass ich mich allmählich in einen Wolf verwandle? Der Wildhüter behauptet das.«

Jonin setzte sich neben sie.

»Wie lange leben Sie denn schon hier?«

»Raten Sie.«

Er zögerte.

»Fünfzig Jahre?«

Eine Weile musterte sie ihn undurchdringlich, dann seufzte sie auf wie jemand, der es gewohnt ist, enttäuscht zu werden. Das war schon ihre ganze Antwort.

Wie du mir, so ich dir, dachte Jonin. Ich habe ihre Frage ja auch nicht beantwortet.

»Ahnen Sie, warum ich hier bin?«

»Müsste ich etwas ahnen?«

»Nur wenn Ihnen bekannt ist, dass Rosa, Ihre Spitex-Schwester, auch Kranke in Pigna betreut.«

»Ja, das wusste ich. Ist ihr etwas passiert?«

»Nein, sie hat nur heute früh bei uns in Pigna zufällig ein Foto gesehen, das Sie und Anna Tina zeigt. So konnte sie mir helfen, Sie zu finden.«

Lene zeigte den Hauch eines Lächelns. »Dann werde ich mit ihr wohl noch ein Hühnchen rupfen müssen.«

»Es war reiner Zufall. Vor allem, dass ich auch da war. Ich war gerade bei Flurina zu Besuch. Die kennen Sie auch, jedenfalls war Flurina die Dritte auf dem Foto. Demselben Foto, das laut Rosa bei Ihnen an der Wand hängt.«

»Da hängt nur ein Foto von Anna Tina und mir.«

»Ja, stimmt, das ist Rosa auch aufgefallen. Sie nahm an, Sie hätten Flurina weggeschnitten. Jedenfalls war die auch auf der Party. Sie trug etwas Römisches.«

»Tut mir leid, ich erinnere mich nicht. Es ist auch alles schon recht lange her.«

Lene nahm sich wieder die Stopfarbeit vor. Sie hatte Mühe, die Nadel ruhig zu führen.

Jonin sah ihr zu, dann stand er auf und ging hin und her, bevor er sich wieder setzte.

Mit zusammengekniffenen Lippen versuchte sie, mit der Nadelspitze an der richtigen Stelle durch den Stoff zu stoßen. Sie benutzte einen Stopfpilz.

»Haben Sie Feuer unterm Hintern?«

Er lachte.

»Ja.«

»Vielleicht versuchen Sie zu sehr, es richtig zu machen?«

Wirklich hatte er gerade an Mengias Ratschläge gedacht und sich gefragt, ob sie ihm helfen würden, das Gespräch in Fahrt zu bringen.

»Offen gestanden habe ich Angst, Ihnen unnötig wehzutun.«

»Angst? Warum Angst? Fürchten Sie meine Rache?«

Flink wie ein Tier wandte sie den Kopf und betrachtete ihn wieder mit diesem völlig unverstellten, ungeschützten Blick, der nichts und alles zu bedeuten schien.

Dann kehrte sie zu ihrer Stopfarbeit zurück.
»Sie brauchen von mir nichts zu befürchten. Ich bin längst über den Punkt hinaus, an dem man andere Menschen wichtig nimmt.«
»Selbst Anna Tina nicht?«
Sie zuckte mit den Schultern.
»Das macht es mir leichter, Ihnen zu sagen, dass sie tot ist.«
Für eine Sekunde schien die Zeit anzuhalten. Dann atmete Lene einmal tief durch. Es klang fast, als tue sie selbst ihren letzten Atemzug. Das blieb die einzige Regung.
Jonin fragte: »Möchten Sie mehr wissen?«
»Nicht nötig. Aber danke, dass Sie extra den Weg auf sich genommen haben, um mir das zu sagen.«
»Ich muss gestehen, ich bin nicht nur deshalb hier.«
»Nein? Schade. Dann bringen Sie das andere so schnell wie möglich hinter sich.«
»Anna Tina hat das Haus in Pigna mit dem Dorfladen demjenigen in ihrer Verwandtschaft vermacht, der bereit ist, den Laden wieder zu betreiben.«
»Heißt das, er stand die ganze Zeit über leer?«
»Ja. Das ist nichts Besonderes. In Pigna stehen viele Häuser leer.«
»Es werden doch aber inzwischen Leute den Laden betreten haben.«
»Falls Ihre Frage darauf abzielt, ob Roberts Leiche gefunden wurde: Ja, das wurde sie, allerdings erst vor zwei Tagen.«
Lene legte die Stopfarbeit auf die Bank, stützte sich mit beiden Händen an der Lehne auf und stemmte sich hoch.
Dann hielt sie Jonin die eine Hand hin, und er legte die Stopfarbeit hinein.
»Danke. Das Licht blendet zu sehr, ich möchte hinein.«
»Darf ich mitkommen?«
»Ja. Ich habe nichts zu verbergen.«
Das Haus war denkbar einfach eingerichtet. Ein Tisch

und zwei Stühle aus hellem Fichtenholz standen an einer der Wände, darüber hing in einem silbernen Rahmen das Foto. Auf einem Kochherd zum Einfeuern standen ein Kochtopf, eine Bratpfanne und ein geblümter Krug. Eine Holzpritsche diente als Bett, darüber war ein Brett befestigt, auf dem eine Handvoll Bücher stand, ganz ähnlich wie in Anna Tinas Wohnung. Außerdem lagen da verschiedene Medikamentenschachteln. In einer Ecke stand ein Spinnrad und daneben ein kleiner Webstuhl, der wackelte, wenn man über die federnden Bohlen ging. Ein offenes Regal zwischen Tisch und Wand enthielt etwas Geschirr, lang haltbare Lebensmittel wie Reis und Linsen sowie wohl Lenes Kleider, alle aus demselben Leinen, außer einigen weißen Höschen und schwarzen Socken. Die einzige Beleuchtung war eine Petroleumlampe auf dem Tisch, und auf den Büchern lag eine braune Taschenlampe mit Abblendkappe, wie sie Jäger und Soldaten benutzen.

Lene hatte sich wieder auf den Schemel beim Webrahmen gesetzt und konzentrierte sich auf ihre Stopfarbeit. Der Schemel war niedrig, ihre langen Beine und Arme wirkten seltsam ungeordnet und erinnerten Jonin an einen toten Weberknecht.

Er stellte einen der Stühle zurecht und setzte sich. Mehrere Minuten vergingen, in denen nichts zu hören war als irgendwo eine tickende Uhr, draußen das Plätschern des Bachs und gelegentliches Schnalzen und Trillern eines Auerhuhns.

Dann hielt Jonin es nicht mehr aus.

»Anna Tina ist damals über Nacht verschwunden. Warum?«

Er bekam keine Antwort.

»Seltsamerweise gab es keine Vermisstmeldung, weder in Bezug auf Anna Tina noch auf Robert. Anna Tina soll sich nach einigen Tagen bei ihrem Bruder gemeldet haben. Aber warum hat niemand Robert vermisst?«

»Ja, sonderbar, nicht wahr?«

Lene biss den Faden durch, zog den Stoff in verschiedene Richtungen und begutachtete ihr Werk, dann versuchte sie, einen weiteren Faden ins Nadelöhr zu fädeln. Ihre Hände zitterten heftig.

»Haben Sie eine Ahnung, was in jener Nacht geschehen ist?«

»Warum sollte ich?«, murmelte sie.

Im nächsten Moment war es geschafft, der Faden war aufgezogen, sie maß die richtige Länge ab und biss ihn wieder durch. Dann untersuchte sie ein weiteres Loch.

»Oder besser gefragt, wen sollte das heute noch interessieren?«

Jonin stand vor Erregung auf.

»Oh, mich interessiert es. Und das Mädchen, das den Laden übernehmen möchte. Es ist keine schöne Hypothek, wenn man darin eine Leiche findet und einen Mord befürchten muss.«

Lene sah ihn verwundert an und wartete, bis er sich wieder gesetzt hatte. Dann sagte sie:

»Nein, da gebe ich Ihnen recht.«

Danach begann sie wieder zu stopfen.

»Es ist möglich, dass es eine Auseinandersetzung mit den Jägern gab. Es gab Streit um die Kühlfächer.«

Lene nickte.

»Hier kommt auch öfters ein Jäger vorbei. Zu mir sind sie aber immer ganz freundlich. Vielleicht habe ich ihnen zu wenig Fleisch am Knochen.«

Jonin konnte nicht lachen.

»Das Mädchen heißt Lexi, sie ist einundzwanzig und hat gehofft, sie könnte in Pigna ein neues Leben anfangen.«

»Mit einundzwanzig schon? Was war denn schiefgelaufen?«

»Genau weiß ich es nicht, aber es hat mit gebrochenen Herzen zu tun.«

Lene legte die Hände in den Schoß und sah ihn an.

»Gebrochene Herzen, Sar Jon, sind die Regel. Der Mensch ist nicht so gebaut, dass er heil durchs Leben käme. Ganz besonders der weibliche Mensch.«

»Ist das nicht ein Klischee? Das schwache Geschlecht …«

Sie unterbrach ihn, ohne dabei die Stimme zu erheben.

»Ich sage das nicht, weil ich Frauen für schwach halte. Sie sind im Gegenteil zu stark. Wenn die Männer schon längst eingeknickt sind, halten sie noch immer durch. Bis eben das Herz bricht. Das Herz ist bei den Frauen der Schwachpunkt.«

»Und bei den Männern?«

»Die Psyche.«

Sie widmete sich wieder Nadel und Faden.

»Ist Ihr Herz in jener Nacht gebrochen, Duonna Lene, oder schon vorher?«

Er erhielt darauf keine Antwort.

»Jedenfalls haben Sie auch einen Neuanfang gemacht. Wann sind Sie hergezogen, und warum?«

Lene lachte leise.

»Sieh an, wir haben uns im Kreis gedreht. Ich glaube, Sar Jon, das ist der Moment, unser Gespräch zu beenden.«

Sie wandte sich um und hielt ihm die Hand hin – so klein war die Hütte. Als er sie nahm, schloss sie auch die zweite darum und hielt ihn eine Weile fest. Ihre Hände waren sperrig und kalt.

»Und dass ich hierhergezogen bin, Sar Jon, sollte kein Neuanfang sein, sondern der Anfang vom Ende. Ich möchte hier gern sterben, nur war es mir bisher nicht vergönnt.«

»Wer will es Ihnen verbieten?«

Sie zeigte wieder diesen Anflug eines Lächelns.

»Jetzt keiner mehr.«

Noch für einige Sekunden lagen diese klaren, wasserhellen Augen auf ihm, und Jonin war, als sähe Lene tiefer in ihn hinein, als er sich selber kannte.

Dann zog sie sich mit seiner Hilfe hoch, ließ ihn los und wandte sich ab, um mit tastenden Schritten hinüber zum Herd zu gehen, das Feuerloch zu öffnen und mit dem Schürhaken im Rumpf zu stochern.

16

Jonin war schon fast wieder zu Hause, als Mengia anrief.
»Und wie ist es gelaufen?«

»Was?«

»Deine Befragung.«

»Gar nicht. Ich weiß weniger als davor.«

»Hast du denn meine Ratschläge nicht befolgt?«

»Ich denke schon; aber sie wollte nun mal nichts sagen. Ich kann sie ja nicht prügeln.«

»Vielleicht warst du doch zu ungeduldig?«

Jonin wurde laut.

»Himmel, ich war geduldig wie ein Lamm!«

»Geduldig wie ein Lamm, hatte ich nicht gemeint. Geduldig, aber unerbittlich. Wie Maigret.«

»Schieb dir deinen Maigret …«

Mengia konnte ein Lachen nicht unterdrücken.

»Mach dir nichts draus, es kann nicht jeder ein geborener Kommissar sein. Morgen komme ich heim, und wir machen zusammen Gelee. Hast du die Zitronen?«

Daran hatte er überhaupt nicht mehr gedacht.

»Kein Klopapier, keine Zitronen, kein Was-weiß-ich-noch.«

»Macht nichts, Zitronen kann ich mitbringen, das Klopapier bestellen wir. Wo bist du jetzt?«

»Gleich zu Hause.«

»Gönn dir was. Trink ein Glas im Liun, oder stell den

Fernseher an und leg die Beine hoch. Die Kinder lassen dich übrigens grüßen. Elia hat einen Sheriffstern für dich gemalt, mit einem Totenkopf darauf. Er ist begeistert, dass du jetzt Polizist bist. Einen Fan hast du.«

»Danke.«

»Aber vergiss die Katzen nicht.«

Als er in Pigna ankam, war es sechs Uhr. Er setzte Hercule und Poirot in einen Korb, verlud ihn zusammen mit dem Katzenbaum, dem Klokistchen und den restlichen Büchsen Katzenfutter in einen Handwagen und brachte alles zum Dorfladen.

Von irgendwoher schallte Lexis aufgebrachte Stimme durch die Gasse. Tristan werkelte mit Faden und Wachskreide an der Schaufensterscheibe. Men, der Bäcker, stand rauchend vor seinem Geschäft, an einer Wange klebte ihm etwas Teig, die Handgelenke waren mit Mehl überpudert.

»Fährt die Polizei jetzt schon Katzen Gassi?«

»Men, ich bin nicht in der Laune für dumme Sprüche.«

»Dann komm rein, lass uns was trinken.«

»Nachdem ich die Viecher losgebracht habe.«

Tristan wandte sich um.

»Gib her, ich nehme sie dir ab. Übrigens bist du mit deiner schlechten Laune nicht allein, die interstellare Konstellation scheint auf Durchzug zu stehen. Hörst du Lexi?«

Gut gelaunt nahm er Jonin die Deichsel aus der Hand und zog den Wagen mit sich.

»Dann kommt mal rein, ihr zwei Hübschen, ich baue euch gerade die ultimative Katzenhütte. Von dort aus habt ihr die ganze Welt im Blick, und die Welt euch. Nicht die ganze. Aber gehen wir davon aus, dass Pigna der Nabel der Welt ist und euer Ruhm sich in Wellen über den Globus ausbreitet …«

Während er plauderte, zerrte er den Handkarren über die Schwelle und verschwand mit Hercule und Poirot im Ladeninnern.

»Dann mal rein in die gute Stube.«

Men ging voraus in die Backstube.

»Kirsch oder Iva?«

Iva ist ein Likör aus Moschusschafgarbe, die jede Familie hier an geheimen Plätzen im Gebirge sammelt und nach einem ebenso geheimen Familienrezept braut.

»Kirsch. Was tust du überhaupt hier? Ich denke, ihr backt zwischen zwölf und acht Uhr morgens.«

Men reckte sich zum Plastikhahn eines Fünfliterkanisters, der über dem Backtisch auf einem Regal stand, und füllte zwei Messbecher, einen davon reichte er Jonin, bevor er seinen mit einem kräftigen Zug halb leer trank.

»So ungefähr. Ich experimentiere aber gerade an einer neuen Spezialität, Pletschgas da Pigna. Etwas mit Dörrpflaumen, mehr wird noch nicht verraten.«

»Aber kosten darf ich vielleicht?«

»Es taugt noch nichts, ich habe das falsche Mehl.«

»Woher weißt du, dass es am Mehl liegt?«

»Ich weiß es nicht. Aber alle anderen Änderungsversuche sind in die Hose gegangen. Es kann also nur am Mehl liegen.«

»Wäre nicht auch denkbar, dass du einfach nur ein schlechter Bäcker bist? Rein theoretisch?«

Men dachte nach, dann nickte er.

»Rein theoretisch ja. Aber ich bin nun mal kein schlechter Bäcker.«

»Was macht dich da so sicher?«

Men tippte sich an die Schläfe.

»Was einer taugt, kann er schließlich nur selber bestimmen. Und nach meinem Maßstab bin ich sogar ein verdammt guter Bäcker.«

»Wenn nicht der beste.«

»Genau.«

»Aber sagen wir, deine Ware ist so mies, dass du durch die Lebensmittelkontrolle fällst und sie deinen Laden schließen. Was bist du dann?«

»Immer noch ein verdammt guter Bäcker, der nur leider aus der Norm fällt.«

»Das nenne ich ein gesundes Selbstbewusstsein.«

»Morgens und abends ein Becher voll Kirsch, und du hast das auch, Jonin.«

Während sie redeten, ging vor dem Fenster Lexi mit einem schlaksigen Jungen mit kurzer, dunkler Strubbelfrisur, aufgeworfenen Lippen und Stupsnase vorbei. Er sah aus wie die Buben in den Büchern aus Jonins Kindheit. Jonin erhaschte die Worte:

»... geht dich einen feuchten Dreck an! Es hat mit dir auch überhaupt ...«

Dann waren sie vorbei.

»Danke, Men, das hat mir geholfen.«

Er stellte den Becher hin und eilte auf die Straße.

»Lexi! Kann ich dich kurz sprechen?«

Lexi und der Junge blieben stehen und warteten.

»Ist das etwa Flo? Hallo, Tristan hat mir von dir erzählt. Ich bin Jonin.«

Flo nahm seine Hand, während Lexi schimpfte.

»Tristan ist ein Idiot auf der ganzen Linie. Und ich habe jetzt keine Zeit für dich, Jonin.«

»Es ist aber wichtig! Ich habe Marlene besucht.«

Flo wurde gleich misstrauisch.

»Wer ist Marlene?«

»Du Affe, Marlene ist achtzig oder neunzig, und ich kenne Marlene nicht. Reicht dir das?«

Jonin sagte: »Ich fürchte, sie tut sich etwas an.«

»Ich sagte doch, ich habe jetzt keine Zeit, Jonin. Ich muss erst das hier hinter mich bringen.«

»›Das hier‹?«, wiederholte Flo. »Bin ich ›das hier‹?«

Er trat nervös von einem Fuß auf den anderen, und seine kleinen, runden Nasenflügel zitterten.

Lexi stieß einen entnervten Schrei aus.

»Ich will das alles nicht! Du hast hier nichts verloren, Flo! Das ist mein Leben, nicht deines, hörst du? Es dreht sich nicht immer alles um dich!«

Wütend wandte sie sich ab und stapfte übers Kopfsteinpflaster.

Flo warf Jonin einen verzweifelten Blick zu, wollte etwas sagen, ließ es dann aber bleiben und rannte ihr nach.

Jonin rief: »Lexi, ich warte dann mal beim Laden!«

Tristan war inzwischen dabei, das Katzenkistchen mit einer ausgedienten Zeitung von 1972 auszulegen.

Jonin las: »Die Chronik um den Bombenhagel von München. Wie es den Terroristen gelingen konnte, die ›heiteren olympischen Sommerspiele‹ in ein Blutbad zu verwandeln.«

»Immer noch dicke Luft«, stellte Tristan fest.

»Warum nennt Lexi dich einen Idioten?«

»Weil ich Flo verraten habe, wo er sie findet. Ich bereue nichts. Man kann sich doch nicht so einfach verdrücken. Immerhin hat sie mit dem Mann ein Jahr zusammengelebt.«

Das Wort ›Mann‹ passte so wenig auf Flo, dass Jonin lachen musste. Tristan lachte mit.

»Was hat deine Schwester eigentlich für ein Problem?«

»Ja, wenn man das wüsste! Sie sagt, sie brauche mehr Zeit, sie könne sich nicht entscheiden. Und dass es noch schlimmer werde, wenn ich sie unter Druck setze.«

»Was wird schlimmer?«

»Das habe ich auch gefragt. Sie hat gesagt: ›Das geht dich einen Sch… an.‹«

Lexi kam durch die Tür.

»Tut es auch.«

»*Was mich nicht umbringt, macht mich sch…* Friedrich Nietzsche.«

Tristan grinste.

»Haha. *Das Gras wächst nicht schneller, wenn man darauf sch…* Japanisches Sprichwort.«

Beide mussten lachen.

Danach verbarg Lexi das Gesicht in Tristans Schulter und jammerte.

»Was tue ich bloß? Ich werde ihn nicht los. Flo sagt, er bleibt so lange hier, bis er Klartext hat, woran er ist. Und ich kann doch nicht dauernd vor ihm wegrennen.«

»Wenn du willst, dass ich dir helfe, Schwesterherz, wirst du mir schon erzählen müssen, worum es überhaupt geht.«

Sie versuchte es auch. Doch dann schüttelte sie so heftig den Kopf, dass ihr die Haare übers Gesicht fielen, wischte sie verärgert aus der Stirn und sagte heiser:

»Geht nicht, es ist alles viel zu … Egal, es geht eben nicht.«

Jonin hob den Finger.

»Ich hätte da einen Vorschlag.«

»Ja?«

Viel schien sie sich von ihm nicht zu erwarten.

»Komm mit mir nach Zernez, dann bist du für ein paar Stunden aus der Schusslinie. Und wer weiß, vielleicht hilft es dir sogar weiter.«

»Was ist in Zernez?«

»Marlene.«

»Ich denke, du kommst von da.«

»Ja, und wir haben lange geredet. Es ist nur nichts dabei herausgekommen.«

»Und jetzt glaubst du, dass ich es besser mache? Vergiss es, ich will mich nur noch verkriechen.«

»Das will sie auch. Ich denke, ihr werdet euch verstehen.«

Lexi schüttelte den Kopf.

»Ich …«

Aber mehr fiel ihr nicht ein.

»Was hindert dich daran?«

»Ich weiß es doch selber nicht.«

Sie brüllte fast.

»Ich habe eben Angst.«

»Vor Marlene brauchst du keine Angst zu haben.«

»Du hast doch keinen blassen Schimmer!«

Elvira klopfte an die offene Glastür und trat über die Schwelle.

»Gemüsestrudel gefällig? Er ist von gestern, morgen können wir ihn nicht mehr verkaufen. Ich habe ihn aber aufgebacken, und jetzt schmeckt er wie frisch. Ihr jungen Leute habt bestimmt Hunger.«

»Nein!«, fauchte Lexi.

»Unbedingt.«

Tristan trat vor den Laden und rief der kleinen grauen Gestalt, die in sich zusammengesunken auf der Treppe vor dem Gemeindehaus saß, zu: »Essen, Flo!«

Lexi spuckte Galle.

»A…«

»Angenehm.«

Er grinste nur.

Elvira erkundigte sich neugierig: »Darf ich fragen, worum es geht? Ihr unterhaltet das ganze Dorf.«

Inzwischen kam Flo kraftlos die Straße herabgeschlurft. Lexi sah ihn und rannte schimpfend aus dem Laden und in die andere Richtung, dem Parkplatz zu. Jonin schnappte sich zwei Stück Strudel und rannte ihr nach.

Als er sie eingeholt hatte, führte er sie sanft am Arm zu seinem Auto.

»Halt mal.«

Er gab ihr eines der Strudelstücke, das andere schob er in zwei großen Bissen in den Mund, dann grub er den Zündschlüssel aus der Hosentasche.

Lexi setzte sich stumm auf den Hintersitz, streifte die Flipflops ab und zog die Knie unters Kinn.

Als Jonin den Motor startete, hielt sie ihm den Strudel hin.

»Wie lange muss ich den noch halten?«

»Meinetwegen iss ihn, ich habe genug.«

Sie schwiegen fast die ganze Fahrt. Lustlos probierte sie ein paar Krümel, irgendwann hatte sie das ganze Stück gegessen. Die Sonne stand so tief, dass sie nur noch selten bis in den Wald hinabdrang. Diffuses Dämmerlicht regierte, und Jonin fuhr doppelt wachsam, um kein Wild zu übersehen.

Dann rief kurz vor Zernez Mengia an.

»Ich hoffe, ich unterbreche keine Strohwitwerparty. Mir ist eingefallen, du könntest schon mal die Marmeladengläser sterilisieren.«

»Ich bin unterwegs nach Zernez.«

»Nach Zernez? Zu Marlene?«

»Ja, zu Marlene.«

»Jonin!«

»Was? Hartnäckigkeit, gepaart mit Einfühlungsvermögen. Du weißt doch, das ist mein Rezept.«

Sie stöhnte.

»Wie du meinst. Pass nur auf, dass du dich nicht lächerlich machst.«

»Danke, dass du so unverbrüchlich an mich glaubst.«

»Jonin, du weißt, dass ich dich liebe. Doch warum solltest du beim zweiten Mal mehr Erfolg haben?«

»Weil ich ein neues Argument habe.«

»Argument? Eine Mörderin willst du mit Argumenten zum Geständnis zwingen?«

»Ich habe nie gesagt, dass sie die Mörderin ist. Ich weiß nicht einmal, ob Robert ermordet wurde. Ich will nur wissen, was passiert ist.«

»Du weichst aus.«

»Nein, es ist Marlene, die ausweicht. Das ist das Einzige, was ich weiß. Und wer ausweicht, hat etwas zu verschweigen.«

»Das klingt logisch. Und mit welchem fabelhaften Argument willst du sie aus der Reserve locken?«

»Mengia, ich erzähle dir alles, wenn es vorbei ist. Wir sind gleich da, ich kann nicht länger plaudern.«

»›Wir‹?«, hörte er sie noch fragen, doch da drückte er sie schon weg.

»Bin ich etwa dieses ominöse Argument? Ich habe der Frau nichts zu sagen.«

»Das brauchst du auch nicht.«

Zernez lag hinter ihnen, mit Tempo fuhr Jonin den Feldweg zum Bahnwärterhäuschen hoch und parkte.

Während sie das Gleis überquerten und den Hang erklommen, kam kühler Wind auf. Die Talseite zum Piz d'Arpiglias hin war noch schwach besonnt, hier waren bis auf Blau und Grau schon alle Farben verschluckt. Im Dämmerlicht mussten sie die Unebenheiten auf dem Weg, der mehr ein ausgetretener Pfad war, mit den Füßen ertasten. Ein einsames, gelb flackerndes Licht wies ihnen den Weg.

Es war Lenes Petroleumlampe, die sie neben sich auf die Bank gestellt hatte. Sie saß vor der Hütte, eine Decke über den Knien.

Sie konnte die Schattengestalten unmöglich schon erkannt haben.

Trotzdem rief sie: »Sar Jon? Was wollen Sie denn noch von mir?«

»Woher wissen Sie, dass ich es bin, Duonna Lene?«

»Wer sonst kommt um diese Zeit auf die Idee, hier hochzukraxeln? Jedenfalls kein Einheimischer.«

Sie hatte wieder dieses abwartende Lächeln.

Jonin war nun im Lichtkreis und überquerte den kurzen, mit verdorrten Nadeln und Lärchenlaub bedeckten Platz vor der Hütte, Lexi war ein paar Schritte zurückgeblieben.

»Es ist noch lange nicht Nacht. Und ich wollte, dass Sie Anna Tinas Großnichte kennenlernen.«

Jetzt trat auch Lexi ins Licht, und das Lächeln wich aus Lenes Gesicht.

»Oh«, stieß sie hervor. »Das ist nicht fair, Sar Jon.«

»Darf ich Ihnen Lexi vorstellen? Sie möchte Anna Tinas Dorfladen weiterführen. Und dazu muss sie wissen, was passiert ist.«

Auch Lexi starrte die alte Frau nur an, verwirrt und schutzlos. Beide sagten kein Wort, offensichtlich brauchten sie keine, weil ihre Blicke Bände sprachen. Dann, nachdem sie einander vielleicht eine Minute in die Augen gesehen hatten, trat Lexi zu Lene, sank auf die Knie und vergrub das Gesicht in ihrem Schoß. Es schien, dass sie schluchzte. Lene sah weiter geradeaus, als stünde Lexi noch dort. Jetzt breitete sich dort der dunkle Wald aus, darüber erhob sich ein rot erleuchteter Bergkamm und zuoberst der Abendhimmel mit einem Farbverlauf wie ein Bluterguss, von blassem Orange ins Graue und ins Violette spielend. Dabei blinzelte sie, als wäre ihr etwas ins Auge geraten, dann legte sie seufzend eine Hand auf Lexis Haar.

»Das ist nicht fair, Sar Jon«, wiederholte sie mit belegter Stimme. »Ich dachte, ich könnte endlich gehen.«

»Tut mir leid, Duonna Lene.«

17

Nachdem Jonin zwei Mücken erschlagen hatte, sagte Lene:

»Vielleicht gehen wir besser hinein. Verzeiht, wenn ich mich kurz hinlege.«

Lexi nahm die Lampe und leuchtete.

Lene ließ sich auf der Pritsche nieder, Lexi setzte sich davor auf den Fußboden, die Lampe neben sich, einen Arm auf der Pritsche. Jonin besetzte wieder seinen Stuhl, der noch mitten im Raum stand. Lexi und Lene sahen sich wieder innig und ernst wie Liebende in die Augen, dann sagte Lene unerwartet spröde:

»Solange du hier bist, ziehst du den Kittel aber bitte aus.«

Gehorsam zog Lexi ihn aus, faltete ihn und setzte sich darauf.

Jonin musste lachen, er fand alles höchst verwunderlich.

»Woher kennt ihr euch?«

Zwei Stimmen sagten: »Wir kennen uns nicht.«

Und Lene: »Sie wissen ja wohl selbst, Sar Jon, warum Sie das Kind hierhergebracht haben.«

»Gleicht sie Anna Tina wirklich so sehr?«

»Ja, wirklich sehr. Es ist aber nicht das Äußere.«

»Sondern?«

»Die Weichheit. Die Neugierde. Und die Verletzlichkeit.«

Vor jedem Wort hatte sie erst nachgedacht und das Mädchen wie eine Forscherin betrachtet.

»Oh«, sagte Lexi dazu.

»Und wem ähnelt Lene so sehr?«

Lexi schüttelte lange nur den Kopf.

»Darum geht es nicht, Jonin. Sie hat mir Antworten gegeben. Endlich bekam ich die Antworten, nach denen ich so dringend gesucht hatte.«

»Ich habe nichts gehört.«

»Sie brauchte nicht zu reden.«

Damit wandte sie sich Lene zu.

»Verzeih, dass ich immer nur ›sie‹ sage. Ich schaffe es nicht, dich Lene oder Marlene zu nennen. Wie heißt du wirklich?«

Jonin räusperte sich.

»Haben wir das nicht schon bei Flurina geklärt?«

»Nein, Jonin. Man heißt nicht Marlene, wenn man ist wie diese Frau. Außer man *ist* Marlene Dietrich.«

Lene hatte sie bereits verstanden.

»Mein Taufname ist Monika. Die Rolle der Marlene war unser Spiel, wenn Anna Tina und ich ausgegangen sind. Und irgendwann nannte mich alle Welt so.«

»Wie hat Anna Tina dich genannt?«

Lene schüttelte nur bedauernd den Kopf.

»Na schön. Darf ich dich Niki nennen?«

Vielleicht war es ein Seufzer, der Lene entfuhr, vielleicht schnappte sie nach Luft. Danach sagte sie: »Ich werde es wohl nicht verhindern können.«

Allmählich begriff auch Jonin.

»Marlene Dietrich kenne ich. Ich sehe auch die Ähnlichkeit, vor allem auf dem Foto. Und ich glaube gehört zu haben, dass Marlene Dietrich eine Schwulen- oder auch Lesbenikone war. Duonna Lene, waren Sie und Anna Tina ein Paar?«

»In gewissem Sinn.«

»In welchem?«

»Wir haben uns geliebt.«

»Und in welchem nicht?«

»Wir waren kein Paar, es war ein Dreieck. Anna Tina hat immer auch Robert geliebt. Nein, geliebt nicht, nicht so, wie sie mich geliebt hat. Aber sehr an ihm gehangen …«

Lexi beendete den Satz für sie.

»… und sie konnte sich nicht entscheiden.«

Sie sagte es entschieden, aber es klang doch eine Frage mit.

Lene ließ sich mit einer Antwort Zeit. Erst stützte sie sich leise stöhnend auf den Ellbogen, setzte sich auf und lehnte müde den Kopf gegen die Wand.

»Es ist alles so lange her. Manchmal glaube ich, es sei nie geschehen. Ich hatte auch ein Leben danach.«

»Aber es *ist* geschehen«, insistierte Jonin. »Und es hat mit einer Leiche geendet.«

Lene sah ihn gequält an.

»Das Leben ist nicht so kostbar, wie Sie gerade tun, Sar Jon. Und der Tod keine Strafe. Wir sind verdammt zu leben. Wir sind verdammt zu sterben. Der Zustand danach ist vermutlich noch der angenehmste.«

»Mag sein, aber Sie lenken ab. Anna Tina hing an Ihnen beiden, konnte sich aber nicht entscheiden. Ist das korrekt?«

»Schlimmer noch, sie hat sich immer wieder umentschieden. Sie war einer jener Menschen, die beim Frühstück darüber brüten, welche Seite der Brotscheibe sie bestreichen sollen.«

Lexi musste wider Willen lachen.

»So schlimm bin ich zum Glück nicht. Aber es ist verdammt schwer zu wissen, was das Richtige ist.«

»Ach, hör mir damit auf, Kind! Den blöden Satz musste ich mir tausendmal anhören.«

Es war das erste Mal, dass Lene die Haltung verlor.

Jonin hakte nach.

»Was haben Sie Anna Tina geraten?«

»Geraten? Es war nicht meine Aufgabe, sie zu beraten, dafür hätte sie eine Freundin gebraucht, und die hatte sie nicht. Ich wollte sie haben. Punkt. Und Robert wollte sie auch.«

»Und deshalb haben Sie ihn umgebracht?«

Lene funkelte ihn an, aber Lexi ersparte ihr die Antwort.

»Ich hole mir Rat bei meinem Bruder Tristan, er versteht mich aber auch oft nicht. Hier würde er wahrscheinlich sagen:

›Wirf eine Münze.‹

Oder:

›Mit wem der beiden kannst du dir die Seele aus dem Leib ficken?‹«

Lene hatte ihre Fassung wieder.

»Beides ist nicht falsch«, sagte sie mit leisem Spott.

Jonin räusperte sich erneut.

»Das alles geht mich nichts an. Dagegen möchte ich immer noch einen mysteriösen Todesfall klären.«

Die beiden Frauen sahen ihn an, als hätte er ihnen ein Spielzeug weggenommen.

Lene fragte Lexi: »Willst du das auch, Liebling?«

»Nein, wollen nicht. Aber es ist wohl nötig.«

»Nötig wofür?«

Jonin wurde ungeduldig.

»Sie können sich noch ewig zieren, Duonna Lene, ich lasse nicht locker.«

Sie lächelte.

»Ich bin im Vorteil, Sar Jon, bei mir klopft schon der Tod an. Und jetzt entschuldigen Sie mich, ich muss mal eben für kleine Mädchen.«

Sie hielt sich am Bücherbrett fest und zog sich von der Pritsche hoch, dann nahm sie die Taschenlampe und verließ die Hütte.

Lexi stand ebenfalls auf und sah sich um.

Halblaut las sie die Namen auf den Buchrücken: *Virginia Woolf, Leta Semadeni, Ingeborg Bachmann, Else Lasker-Schüler, Toni Morrison.*

»Sieh mal, Jonin.«

Das Buch, das sie in der Hand hielt, war die gleiche Ausgabe von Rilke-Gedichten, die Anna Tina Robert zur Verlobung geschenkt hatte.

Sie schlug sie auf.

»›Ich bin zu Hause zwischen Tag und Traum. Dort wo die Abendglocken klar verlangen und Mädchen, vom Verhallenden befangen, sich müde stützen auf den Brunnensaum.‹ Für Niki, meine große Liebe. 12. Mai 1968.«

»Fast dieselbe Widmung, ein Jahr später.«

»Die Ärmste!«, seufzte Lexi.

»Wen meinst du, Anna Tina oder Lene?«

»Ich dachte an Anna Tina. Aber es muss für alle drei furchtbar gewesen sein.«

Ja, dachte Jonin.

Er hatte sich bisher nie Gedanken darüber gemacht, es war wohl ein seltenes Glück, dass er und Mengia so unkompliziert zueinandergefunden und sich nie jemand zwischen sie gedrängt hatte. Die Erkenntnis erfüllte ihn mit einer bisher unbekannten Wärme.

Lexi hatte inzwischen einen Blechkübel geöffnet, der als Abfalleimer diente, und darin einen Tablettensortierer entdeckt. Sie schüttelte ihn, er war noch voll.

Währenddessen kam Lene zurück.

Durch die geöffnete Tür drang ein Schwall kühle, würzige Nachtluft. Ein Falter flatterte im letzten Moment durch den Spalt, bevor die Tür wieder ins Schloss fiel, taumelte um die Petroleumlampe und verschmorte, als er sich auf dem glühend heißen Glaszylinder niederlassen wollte.

Den Sortierer noch in der Hand, setzte Lexi sich auf die Pritsche, Lene setzte sich neben sie. Dabei schob sie Anna Tinas Kittel mit dem Fuß beiseite. Jonin versuchte die Geste zu deuten: Hatte sie etwas Verächtliches oder nur Schmerzliches?

Danach öffnete sie schon den Mund – womöglich hatte sie sich auf der Toilette einiges zurechtgelegt –, als Lexi sie unterbrach.

»Warum nimmst du deine Medikamente nicht mehr?«

»Das geht dich nichts an, mein Kind.«

»Ich glaube, doch. Du kannst dich jetzt nicht einfach davonstehlen.«

»Ich stehle mich nicht davon, ich habe ein gutes Recht auf meinen Tod. Ich habe genug gewartet.«

»Nein, nicht lange genug. Jetzt bin ich da.«

Resolut stand Lexi auf, nahm ein Glas aus dem Regal und füllte es mit Wasser aus dem Krug.

»Hier, und jetzt nimm sie bitte.«

Lene blinzelte verwirrt, dann nahm sie Lexi den Sortierer ab und stellte ihn aufs Bücherregal. Lexi wusste nicht, was sie machen sollte. Schließlich trank sie das Glas aus und stellte es auf den Tisch.

»Sie wollten vorhin etwas sagen, Duonna Lene.«

»Möglich, aber ich habe es vergessen«, sagte sie verschlossen. »Ich bin müde, normalerweise schlafe ich um diese Zeit schon.«

»Heute ist kein normaler Tag. Wir lassen dich schlafen, wenn wir wissen, woran Robert gestorben ist.«

Lexi fand offenbar Spaß daran, ebenfalls Kommissarin zu spielen.

Lene sah beide herausfordernd an.

»Offen gesagt, ich weiß es nicht.«

Jonin erinnerte sich, was Mengia ihm geraten hatte: Lass sie reden.

»Vielleicht halten Sie mich für klatschsüchtig, Duonna Lene, aber ich wüsste zu gern, wie vor fünfzig Jahren zwei Frauen zueinanderfinden konnten. In Liebe zueinander finden, meine ich.«

»Am Theater. Ich habe bei einer Laientruppe in Scuol mitgespielt, *Was ihr wollt* von Shakespeare, ich war Viola, die sich als Mann verkleidet. Anna Tina saß im Publikum, danach hat sie mich an der Premierenfeier angesprochen, und als Musik gemacht wurde und wir getanzt haben, ist es eben passiert.«

»Was ist passiert? Haben Sie sich geküsst?«

»Nein, es ging viel tiefer.«

Lene sprach jetzt ganz leise.

»Ich habe mich das erste Mal einem anderen Menschen richtig nah gefühlt. Wo immer sie mich berührt hat, fühlte ich mein Blut pulsieren. Es war, als würde sie mit ihren Berührungen meine Körperteile eins ums andere zum Leben erwecken. Doch, ja, geküsst haben wir uns auch, irgendwann nachts, draußen. Wir waren bis zum Morgengrauen spazieren. Danach haben wir uns zum Tanzen verabredet. Mehr konnten wir nach außen nicht leben, von der sexuellen Revolution war das Engadin 1968 noch weit entfernt. Deshalb haben wir uns als Cousinen ausgegeben, als Cousinen und als Tanzpaar. Wir haben sogar ein paar Turniere getanzt.«

Lexi hatte die ganze Zeit über still genickt, fast so, als würde sie die Geschichte schon kennen.

»Wir sagen immer, wir sind illegitime Halbschwestern.«

Lene sah sie traurig an.

»Ist die Welt noch nicht weiter?«

»Ich bin vielleicht noch nicht weiter.«

»Wie lange konnte das gut gehen, Duonna Lene? Hat Robert nichts gemerkt?«

»Ich weiß nicht. Ich nehme an, er wollte es nicht wissen. Er hat uns manchmal sogar gefahren. Das war für mich die Hölle. Ich durfte Anna Tina abseits vom Parkett nicht anfassen, wir konnten nicht reden wie sonst. Aber er schien nichts zu bemerken. Anna Tina hat mir hundertmal versprochen, sie würde sich von ihm trennen, aber es blieben leere Versprechungen. Sie hatte Angst, er verkrafte es nicht.«

»Glaubte sie, Sie seien stärker als er?«

»Ich *war* stärker. Robert war äußerlich drahtig, trainiert, kräftig, aber innerlich weich wie Pudding. Er war als Findelkind erst in einem Heim, dann bei Pflegefamilien aufgewachsen, und dass Anna Tina ihn erwählt hatte, muss für ihn völlig unfassbar gewesen sein. Nicht so, wie es für mich unfassbar war, als fast spirituelle Erfahrung. Für ihn war es wie die Erhebung in den Adelsstand, eine Beförderung in eine neue Gesellschaftsklasse. Er hat sich jeden Tag ein Bein ausgerissen, um sie sich abzuverdienen, er hat den Laden praktisch im Alleingang geschmissen. Er wollte, dass sie mit mir tanzen geht, weil er gesehen hat, wie gut es ihr tut, und weil er selber darin vollkommen unbegabt war. Aber Anna Tina hat jedes einzelne Mal das Gewissen gequält, erst nach zwei, drei Gläsern wurde sie locker. Die haben wir meist schon davor getrunken, dann, wenn wir uns in einem Schuppen meiner Eltern für die Party aufgebrezelt haben. Das konnte Stunden dauern.«

»Eure Kostüme auf dem Foto sind traumhaft.«

»Davon haben wir eine ganze Kiste voll.«

»Aber die Liebe hat also nicht ausgereicht«, fasste Jonin zusammen.

»Doch!«, rief Lene. »Oh doch, Anna Tinas Liebe war so tief und echt wie meine! Deshalb konnte ich sie auch nicht verlassen.«

»Vier Jahre lang.«

»Ja, vier lange Jahre lang.«

»Und in diesen vier langen Jahren kamen Sie nie in Versuchung, Robert vor vollendete Tatsachen zu stellen? Das kann ich fast nicht glauben.«

»In meinen schlaflosen Nächten andauernd, aber ich wusste auch, wenn er sich dann wirklich etwas antut, verliere ich Anna Tina auf immer.«

»Und so ist es ja dann auch gekommen.«

Lexi sah Jonin überrascht an.

Auch Lene stutzte, dann lachte sie auf.

»Sar Jon, Sie sind cleverer, als ich dachte.«

»Danke, man gibt sein Bestes. Waren Sie dabei, als er sich getötet hat?«

Lene zögerte.

»Sie werden sich doch wohl erinnern können?«

»Ja, natürlich. Die Frage ist nur nicht so leicht zu beantworten. Es war in Pigna, im Laden. Ich habe gesagt:

›Gib sie frei. Sie liebt mich, nicht dich. Zeig Anna Tina, dass du ein Mann bist.‹«

»War sie dabei?«

»Nein, das wollte ich ihr ersparen.«

»Wo war sie denn?«

Lene überlegte.

»Es muss kurz vor Ladenschluss gewesen sein, die Kunden waren alle weg, Robert wollte den Laden abschließen. Anna Tina hat einer gebrechlichen oder kranken Kundin noch die Einkäufe heimgebracht, das tat sie oft. Danach wollten wir tanzen fahren.«

Lexi fiel ein: »Deshalb hatte sie den Koffer gepackt.«

Lene nickte.

»Robert ging ins Hinterzimmer, und als er wieder herauskam, hat er gelallt:

›Da hast du deinen Willen. Ich hoffe, ihr zwei werdet glücklich.‹

Dann ist er weiter in den Keller. Ich dachte, er habe sich betrunken, und als Anna Tina zurückkam, habe ich ihr gesagt:

›Robert weiß es. Er gibt dich frei.‹

Sie wollte zu ihm, aber ich habe sie zurückgehalten.

›Lass ihn, er betrinkt sich. Rede mit ihm, wenn er wieder nüchtern ist.‹

Sie wollte ihn aber nicht so zurücklassen, deshalb bin ich nochmals runter, ich war viel stärker als sie. Da war er schon tot, und ich habe begriffen, dass er Schlaftabletten oder so was geschluckt haben muss.«

»Oh Gott! Und da hast du ihn allein ins Tiefkühlfach bugsiert?«

Lene schloss erschöpft die Augen.

»Geht es, Duonna Lene?«

»Ja, es tut nur weh, alles zu erinnern. Robert saß schon halb im Kühlfach, ich musste nur nachschieben.«

»Und die Tür abschließen.«

»Ja.«

Lexi schüttelte sich.

»Wie furchtbar.«

»Was haben Sie mit dem Schlüssel gemacht?«

»Ihn während der Fahrt aus dem Fenster geworfen. Bevor ich gewagt habe, Anna Tina alles zu gestehen.«

»Wie hat sie reagiert?«

»Sie hat kein Wort mehr mit mir gesprochen. Sie war wie Eis. In Landquart ist sie ausgestiegen, danach habe ich sie nicht mehr gesehen. Nie mehr.«

Lene rieb sich das Gesicht.

»Wissen Sie jetzt, was Sie wissen wollten, Sar Jon? Dann würde ich Sie bitten zu gehen. Dich auch, mein Kind.«

Beide erhoben sich auf der Stelle und verließen stumm die Hütte.

Es war noch immer nicht ganz Nacht. Über den Wipfeln im Westen zumindest schimmerte der Himmel noch türkisfarben, und Mauersegler jagten wie scharfe Sicheln durchs letzte Licht. Kaum hörbar schlug irgendwo im Unterengadin eine einzelne Glocke – ein Knaben- oder Totenglöcklein. Lexi ging wie in Trance, Jonin hakte sich bei ihr ein, damit sie nicht stürzte, und leuchtete mit dem Handy den Weg. Trotzdem knickte sie ein paarmal ein, und es dauerte wohl eine halbe Stunde, bis sie wieder beim Auto waren.

18

Lexi sprach erst wieder, als sie Zernez hinter sich hatten.

»In meinem Kopf dreht sich alles. Am Anfang war es wie nach Hause kommen. Es war das allererste Mal, dass ich das Gefühl hatte, da ist ein Mensch, der mich ganz und gar versteht, der alles durchschaut und mich trotzdem, oder vielleicht sogar eben deshalb, leiden mag. Ich habe in ihren Augen gesehen, dass sie alles kennt, was mich quält, dass sie es kennt und versteht. Ich dachte erst, wir sind ganz gleich. Dann habe ich begriffen, dass sie es nicht kennt, weil sie auch so ist, sondern weil sie darunter gelitten hat. Sie ist nicht ich, sie ist Iris. Gleichzeitig wurde sie immer mysteriöser, gespenstischer.«

Sie schüttelte das Haar aus, wie sie es manchmal machte, wenn sie die Gedanken ordnen wollte, und strich die Strähnen an den Schläfen hinters Ohr.

Jonin hätte sich gern vergewissert, dass Iris Lexis Liebe war, doch er wollte sie nicht unterbrechen.

»Ich bin total froh, dass es kein Mord war, du nicht auch? Es klang so schon furchtbar genug. Aber dieser Robert war offenbar ein Psycho, was will man machen?«

Jetzt erst fiel Lexi auf, dass er schwieg.

»Bist du nicht auch froh?«

»Ja, doch, natürlich.«

»Und Anna Tina hat es die ganze Zeit gewusst. Oder gespürt. Dass er ein Psycho ist, meine ich. Logisch, dass sie sich nicht entscheiden konnte. Aber Flo ist kein Psycho. Und ich verstehe auch Niki, dass sie irgendwann die Sache geklärt haben wollte. Die beiden waren ja wie Roberts Geiseln. Ich rede total durcheinander, nicht wahr?«

»Macht nichts, bisher komme ich mit.«

»Ich wusste gar nicht, dass Schlafmittel so schnell wirken. Aber vielleicht war Anna Tina auch nicht gleich wiedergekommen. Dass er sich selber ins Tiefkühlfach gesetzt hat, finde ich das Gruseligste von allem. Als wollte er aufräumen. Als wollte er sich ganz und gar aus dem Weg räumen. Er hat das wirklich so gemeint, dass er hofft, dass sie glücklich werden. Oder?«

Sie sah ihn erwartungsvoll an.

»Kann gut sein.«

»Oder siehst du das etwa anders?«

Jonin sah vieles anders, aber er wollte erst in Ruhe darüber nachdenken.

Deshalb sagte er nur:

»Können wir einen Augenblick schweigen?«

»Ja, klar.«

Lexi drehte das Radio an, dann checkte sie ihr Handy.

»Flo ist im Liun abgestiegen. Entschuldige, jetzt rede ich bereits wieder.«

»Schon gut. Soll ich dich dort absetzen?«

»Ich weiß nicht. Ich komme jetzt irgendwie nicht mehr darum herum, ihm reinen Wein einzuschenken, nicht wahr? Aber dazu müsste ich erst wissen, was ich überhaupt will.«

Jonin sah ein, dass er das Nachdenken verschieben musste.

»Spürst du es nicht? Mit deinem alten, weisen Herzen?«

Er hatte spaßen wollen, aber Lexi antwortete sehr ernsthaft.

»Doch, mein Herz spürt es sehr genau. Aber was, wenn es sich irrt?«

»Was steht denn zur Option?«

»Ich bleibe bei Flo. Ich versuche es wirklich mit Iris. Oder ich lebe allein. Vielleicht wäre das nicht das Schlechteste.«

»Aber das Herz sagt?«

»Iris. Ganz klar Iris. Aber ich war überhaupt noch nie mit einer Frau zusammen. Vielleicht wird es furchtbar, noch viel schlimmer als mit Flo.«

»Was ist mit Flo so furchtbar?«

»Ach, ›furchtbar‹ war so dahingesagt. Langweilig eben. Jungs mit einundzwanzig sind furchtbar langweilig. Dauernd macht er sich wichtig und spielt den Erwachsenen, dabei ist er noch voll pubertär. Es ist nicht so, dass ich ihn nicht mag, aber er ist mir nicht nahe. Es gibt nicht diese Momente, in denen alles schmilzt und weich wird und es kein Innen und Außen mehr gibt oder Du und Ich, sondern nur überall warmes, pulsierendes Leben. So, wie Niki es beschrieben hat.«

»Und mit Iris hast du das?«

»Hatte ich, ja, zwei Mal. Wir kennen uns noch gar nicht richtig. Und vielleicht hört das Gefühl auch ganz schnell auf, wenn wir uns besser kennenlernen, und wir gehen uns genauso auf den Keks wie Flo und ich.«

»Das klingt nach einem Fall fürs Ziegenproblem.«

Lexi verdrehte die Augen.

»Das Ziegenproblem? Komm mir nicht auch noch damit, Tristan hat schon genug genervt.«

»Aber hast du es begriffen?«

»Nein, natürlich nicht.«

»Ich auch nicht. Aber womöglich ist es gar nicht so doof. Tristan ist doch ein kluger Kopf.«

»Und wieso soll mir das helfen?«

Sie stellte das Radio aus und setzte sich aufrecht.

Jonin versuchte sich zu erinnern.

»Tristan hat gesagt:

›Stell dir eine Gewinnshow vor. Da stehen drei Boxen, in einer ist ein Auto, die beiden anderen sind Nieten, respektive du gewinnst eine Ziege.‹«

»Was nicht schlecht wäre.«

»Ja, aber darum geht es nicht, Lexi. Du wählst eine der Boxen. Der Showmaster öffnet eine der beiden anderen, darin ist eine Ziege. Jetzt fragt er dich:

›Bleiben Sie bei Ihrer Box, oder wollen Sie doch lieber die andere?‹

›Und wenn du jetzt clever bist‹, sagt Tristan, ›dann wechselst du die Box, weil die Wahrscheinlichkeit, dass das Auto in der anderen ist, doppelt so hoch ist wie bei deiner.‹«

»Genau. Das ist doch Schwachsinn, weil es genauso gut in der einen wie in der anderen sein kann.«

»Ja, kann es. Das hat Tristan auch nicht abgestritten. Er hat gesagt:

›Wahrscheinlichkeit heißt nicht Sicherheit. Die Wahrscheinlichkeit ist trotzdem doppelt so groß.‹

Ja, klar, genau! Jetzt seh ich's selber, Lexi. Als du deine Box gewählt hast, hattest du eine Chance von dreiunddreißig Komma soundso Prozent, dass du das Auto erwischst. Die Wahrscheinlichkeit, dass es in einer der beiden anderen ist, lag demnach bei sechsundsechzig Prozent. So weit klar?«

»Ja.«

»Wenn das Auto also in einer dieser beiden Boxen nachgewiesenermaßen nicht ist, wandern die ganzen sechsundsechzig Prozent zur zweiten Box. Und das ist immerhin deutlich mehr als die Hälfte.«

»Die Hälfte wovon?«

»Wahrscheinlichkeit.«

»Mag sein. Und was hilft mir das?«

»Das weiß ich auch noch nicht. Du hast aber genauso drei Boxen, nämlich Flo, Iris und das Zölibat. Wenn du Iris wählst, hast du entweder das Auto gewonnen, oder du hast eine Wahrscheinlichkeit von sechs…«

»Nein, Quatsch, Jonin. Damit öffne ich ja die Box, die ich ausgesucht hatte, und das sagt noch überhaupt nichts über die Wahrscheinlichkeit der anderen …«

»Stimmt, stimmt, stimmt! Also doch, die Wahrscheinlichkeit, dass das Auto in einer der anderen Boxen steckt, steigt dann immerhin auf fünfzig …«

»Nein, tut sie eben nicht!«

So diskutierten sie weiter, halb lachend, halb verbissen, bis der Wald aufhörte und der Talkessel und der Hügel von Pigna im blassen Mondlicht vor ihnen lagen.

»Egal«, sagte Lexi, während Jonin die steile Bergstraße in Angriff nahm, und wurde schweigsam. »Wenigstens bin ich jetzt nicht mehr so nervös.«

»Und wo setze ich dich ab?«

»Beim Liun.«

Als sie ausstieg, wünschte er viel Erfolg, und sie nickte ernst. Dann wendete er den Wagen und fuhr auf den Parkplatz.

Er stieg aber nicht aus. Fledermäuse huschten vorbei, eine tuschierte die Frontscheibe. Grillen zirpten. Irgendwo rauschte ein Heugebläse. Er dachte nach, und gerade versuchte er sich vorzustellen, wie es sich anfühlt, wenn man lebenserhaltende Medikamente absetzt und auf den Tod wartet, als Mengia anrief.

»Du hast mir nicht geantwortet.«

»Worauf?«

»Ich hatte dir eine Nachricht geschickt, egal. Habe ich dich geweckt?«

»Nein.«

»Wo bist du?«

»Noch im Auto.«

»Und warum so einsilbig?«

Ihre Stimme wurde reservierter.

»Ich versuche nachzudenken.«

Er startete den Motor.

»Kommt ihr jetzt erst aus Zernez?«

»Nein, ich fahre gerade wieder hin.«

»Zum dritten Mal? Um elf Uhr nachts?«

»Ja.«

»Steigerst du dich da in was rein, Jonin?«

»Keine Sorge, ich weiß, was ich tue.«

»Das kann ich nur hoffen. Dann lasse ich dich. Die Frage, die ich dir geschickt habe, hat sich übrigens beantwortet, du wirst morgen erst mal ausschlafen wollen.«

Der Mond gab ihm genug Licht, dass er die Hütte sofort wiederfand.

Die Tür stand offen, drinnen war es dunkel.

»Kommen Sie nur, Sar Jon.«

Duonna Lene saß am Tisch. Die Flamme der Petroleumlampe flackerte wie ein dünnes blaues Irrlicht, das nirgends hinreichte. Jetzt drehte sie sie hoch.

»Warten Sie auf den Tod, Duonna Lene?«

Sie lachte heiser.

»So schnell wird es nicht gehen. Nein, auf Sie habe ich gewartet. Ich habe mich zu dumm angestellt, als dass Sie mich in Frieden sterben lassen könnten, nicht wahr? Früher war ich besser.«

Er schloss die Tür und setzte sich zu ihr.

»Moralisch gesehen?«

Sie lachte erneut.

»Nein, die bessere Schauspielerin. Heute beeindrucke ich mit meinen Künsten nur noch eine Zwanzigjährige.«

»Ich fand, Sie haben sich gut geschlagen. Es muss mordsschwierig sein, aus dem Stegreif widerspruchsfrei zu lügen.«

»Offen gestanden hatte ich keine Ahnung, wie ich mich herausrede, bis Sie mir netterweise die Tür geöffnet haben. Womit schon wieder?«

»Sie sagten:

›Ich wusste, wenn Robert sich etwas antut, verliere ich Anna Tina auf immer.‹

Und ich:

›Und so ist es dann ja auch gekommen.‹

Das war meine Einladung.«

»Besser eine raffinierte Falle, in die ich blind hineingetappt bin. Und wo, Sar Jon, habe ich mich verheddert? War die Sache mit dem Tiefkühlfach zu dick aufgetragen?«

»Dick, aber nicht zu dick. Nein, es war die Tageszeit. Sie sagten, Robert war gerade dabei, den Laden zu schließen. Aber die Leiche war im Pyjama.«

Lene hielt erschrocken die Hand vor den Mund.

»Ich Dummerchen!«

»Wie gesagt, Sie haben sich tapfer geschlagen. Also, wer hat ihn nun umgebracht, Sie oder Anna Tina?«

»So eindeutig war das nicht. Ein Anwalt hätte wohl auch auf Totschlag plädiert. Darf ich ausholen? Ich weiß, es ist schon spät.«

»Meine Frau ist bei den Enkeln in Aarau, ich habe die ganze Nacht Zeit.«

»Danke. Nachdem ich vier Jahre auf ein Wunder gehofft hatte, das sich nicht einstellen wollte, habe ich für Anna Tina und mich Langstreckenflüge nach New York gebucht, ins ›befreite Ausland‹, wie wir es nannten. Nicht auf irgendeinen Flug, sondern ich hatte einen schwulen Piloten kennengelernt, und der hatte angeboten, uns in der Luft zu trauen. Symbolisch nur, aber doch mit Ring, Kuss und Eheversprechen. New York sollte dann nur der Auftakt unserer Reise sein, dort wollte ich mir mit Anna Tina überlegen, wo wir ein neues Leben beginnen, und wir hätten uns vielleicht in London oder Paris niedergelassen. Ich hatte gespart und auch etwas geerbt, wir hätten ein paar Jahre lang gut durchgehalten. Für den Abend vor dem Flug hatte ich uns bei einem kleinen Tanzwettbewerb in Uster oder ähnlich angemeldet, weit genug, dass wir übernachten müssten, so würde Robert nichts auffallen. Anna Tina wusste nur, dass sie einen Koffer mit dem Nötigsten braucht.

Ärgerlicherweise fand der Wettbewerb aber nicht statt, und ausgerechnet Robert hatte das Telefon abgenommen. Ich hatte Anna Tinas Nummer angegeben, weil sie den ganzen Tag im Laden zu erreichen war. Der Flug war aber fix gebucht. Also musste ich ihr reinen Wein einschenken.

›Lass den Koffer gepackt, ich warte um Mitternacht in Pigna auf dem Parkplatz.‹

Ich dachte, Robert schläft dann längst, er muss oft vor Morgengrauen wieder raus. Um Mitternacht war aber keine Anna Tina beim Parkplatz, und als ich zu ihrem Haus kam, brannte in der ganzen Wohnung Licht, auch im Schlafzimmer. Die Ladentür war verriegelt, zu klingeln habe ich nicht gewagt. Ich habe mich an eine schattige Hauskante gepresst und gewartet, eine Viertelstunde, eine halbe Stunde. Ich wusste ja nicht, ob Robert nur noch nicht zu Bett ist oder ob sie endlich reden. Dann ging die Ladentür auf. Nicht Anna Tina stand in der Tür, sondern Robert, in Pyjama und Schlappen. Er hat ganz entspannt in die Dunkelheit gerufen:

›Monika, wo bist du?‹

›Hier‹, habe ich gesagt und bin ins Licht getreten.

›Fahr nach Hause, sie kommt nicht mit.‹

›Das will ich von ihr selber hören.‹

›Wie du meinst. Dann komm eben rein.‹

Er hat mir die Tür aufgehalten und ganz freundlich nach Anna Tina gerufen. Sie kam mit verheultem Gesicht aus der Wohnung. Auf der letzten Treppenstufe ist sie stehen geblieben und hat nur gesagt:

›Es tut mir so leid, Niki.‹

Da bin ich geplatzt.

›In welchem Jahrhundert leben wir? Er kann dich nicht daran hindern, zu gehen!‹

›Doch, das kann er. Wenn ich mit dir gehe, will er sich erschießen. Und ich weiß, er macht es.‹

So, wie sie es sagte, stand außer Zweifel, dass sie sich bereits in ihr Schicksal gefügt hatte. Und Robert stand in Pyjama und Schlappen zwischen uns, einen Kopf kleiner als wir, und hat seine Fingernägel untersucht. Ich habe ihn an der Schulter gepackt und herumgerissen, um ihm eine Ohrfeige zu verpassen. Ich habe es voll durchgezogen.«

Lene unterbrach sich, um einen Schluck Wasser zu trinken, danach schien sie den Faden verloren zu haben.

»Und er hat natürlich zurückgeschlagen.«

»Nein, hat er nicht. Er hat nicht einmal gebrüllt. Er hat still geweint wie ein Kind. Das hat mich erst richtig rasend gemacht; ich wusste, gegen diese Masche komme ich nie an. Also habe ich ihn weiter geohrfeigt, und jetzt hat er blind um sich geschlagen, gekratzt und getreten, immer noch wie ein Kind, mit gesenktem Kopf und eingezogenem Hals, und weiterhin stumm. Als Anna Tina dazwischengehen wollte, hat er sie am Hals gepackt. Heute denke ich, er hat einfach irgendwo zugepackt, mehr um sich zu halten, aber damals dachte ich, er will sie erwürgen, und stark war er ja schon. Also habe ich eine Bratpfanne aus einem Regal genommen und ihm damit eins übergezogen. Im selben Moment hatte Anna Tina sich aus seinem Griff befreit und hat ihn mit aller Kraft von sich gestoßen, dabei ist er gestolpert oder eingeknickt und gegen die Kellertür gefallen. Die ist aufgekracht, und Robert ist die Treppe hinuntergefallen.«

Sie trank das Glas leer.

»Ich dachte immer, die Medikamente machen einen trockenen Mund, aber ohne ist es noch viel schlimmer. Möchten Sie auch etwas?«

»Jetzt nicht, ich bin gespannt.«

»Ja, natürlich. Jetzt war erst mal Stille, abgesehen von unserem Keuchen. Anna Tina hat die Bratpfanne in meiner Hand entdeckt und gesagt:

›Das wäre nicht nötig gewesen. Ich kann mich auch selber wehren.‹

›Kannst du eben nicht.‹

Wir haben gewartet, ob Robert wieder hochkommt. Ich hatte die Pfanne immer noch parat. Aber er kam nicht. Es dauerte bestimmt eine Viertelstunde, bis wir es gewagt haben, das Kellerlicht anzudrehen, und runter sind. Da lag er mit abgeknicktem Hals und verdrehten Augen und hat sich nicht gerührt. Anna Tina hat hysterisch angefangen zu kichern.

›Mein Gott, wir haben ihn umgebracht.‹

Sie konnte nicht aufhören, sie hat sogar gekichert, während wir ihn ins Tiefkühlfach gestopft haben. Damit sie sich beruhigt, habe ich sie hochgeschickt.

›Geh, hol deinen Koffer und fahr nach Zernez, ich räume hier noch auf. Wir treffen uns in zwei Stunden vor dem Restaurant Adler. Kommt etwas dazwischen, treffen wir uns morgen Mittag am Flughafen Kloten, Terminal A, beim Swissair-Schalter. Kannst du dir das merken?‹

Sie hat alles brav wiederholt und ist hochgegangen. Ich habe ihr noch den Koffer zum Piaggio getragen – sie durfte nur den dreirädrigen Piaggio fahren, weil sie keinen Führerschein hatte – und sie hinters Steuer gesetzt. Im Moment, bevor sie den Piaggio gestartet hat, war sie dann wieder ganz bei sich. Sie hat gesagt:

›Niki, nie wusste ich so klar wie jetzt, wen ich liebe. Wenn du heute Nacht gestorben wärst, würde ich nicht mehr leben wollen. Du darfst auch nicht vor mir sterben, hörst du?‹

›Ja.‹

›Versprich es.‹

›Ja.‹

Als sie weg war, habe ich aufgeräumt, den Laden abgeschlossen und bin ihr nach. In Zernez war sie nicht, am Terminal auch nicht. Das Flugzeug ging ohne uns. Ich hatte Angst, dass sie mit dem Piaggo verunglückt ist oder sich doch etwas angetan hat, bin zurück und habe die Strecke zwischen Pigna und Zernez abgesucht. Als es angefangen hat zu schneien, habe ich bei der Polizei angerufen und nachgefragt, ob ein Unfall gemeldet wurde, nichts. Von ihrem Bruder Jöri habe ich endlich gehört, dass sie noch lebt, sie hatte ihn angerufen. Das war eine riesige Erleichterung. Sie hatte ihn gewarnt, dass er vielleicht nie mehr von ihr hören werde. Ich hätte aber nie gedacht, dass das auch für mich gilt. Ich habe jeden Tag darauf gewartet, dass sie sich meldet und wir gemeinsam fliehen, genauso wie ich dauernd damit gerechnet habe, verhaftet zu werden. Aber nichts ist passiert, das Leben ging ganz normal weiter. Im Jahr danach hat Anna Tina mir eine Kassette geschickt, die sie besprochen hatte, eine Art Liebes- und Abschiedsbrief. Sie hat deutlich gesagt, dass wir uns nie wiedersehen werden.

›Das ist unsere Buße. Ohne sie könnte ich mit dem, was wir verbrochen haben, nicht weiterleben.‹

Der Umschlag war in Bern abgestempelt, also habe ich Bern abgesucht. Ich habe sogar einen Privatdetektiv angestellt. Zwei Mal, das zweite Mal nach Jöris Tod, an dem sie sehr gehangen hatte. Alles vergeblich. Und jedes Jahr im Herbst kam eine Kassette, immer aus einer anderen Stadt.«

»Haben Sie die noch?«

»Nur die letzte.«

Sie öffnete die Tischschublade, zog einen blau-weißen batteriebetriebenen Kassettenspieler heraus und legte ihn vor Jonin hin. Dann stand sie auf und tastete sich den Weg aus der Hütte.

Jonin drückte den Startknopf. Durch heftiges Rauschen erklang eine dünne, ausgezehrt klingende Stimme.

»Niki, der Arzt war hier. Es sieht aus, als wären wir bald frei. Wie wunderbar das klingt. Ich hoffe nur, wir haben genug gebüßt und dürfen uns im Jenseits endlich in die Arme schließen. Ich danke dir, Liebste, dass du so lange durchgehalten hast. Ich danke dir noch mehr dafür, dass du mir verziehen hast. Hast du den Rilke noch? Er ist jetzt jeden Tag und jede Nacht mein Trost. *Du* bist jede Nacht mein Trost.

›*Ich nenne dich die Nächste meiner Nächte*
Und meiner Abende Verschwiegenheit
Und du bist die, in der ich nicht geirrt
Die ich betrat wie ein gewohntes Haus
Jetzt geht dein Wachsen über mich hinaus
Du bist das Werdendste, das jemals ward.‹

Leb wohl, mein Herz.«

Danach kam nur noch Rauschen.

Jonin stellte das Gerät aus und ging Lene nach. Sie stand vor der Hütte, ohne sich festzuhalten, und sah dem Mond zu, der gerade unterging.

»Was sollten Sie ihr verzeihen?«

»Was wohl? Ihre Entscheidungsschwäche. Ich hoffe wirklich von ganzem Herzen, Lexi wird klüger. Werden Sie es ihr erzählen?«

»Nein, ich glaube nicht.«

Ohne ihn anzusehen, tastete sie nach seiner Hand und hielt sie fest.

»Ich muss Ihnen danken, Sar Jon. Ich bin froh, dass ich mein Geheimnis nicht mit ins Grab nehme.«

Damit ließ sie ihn los und ging mit kleinen, schlurfenden Schritten in die Hütte zurück.

19

Jonin merkte erst, wie erschöpft er war, als er wieder im Auto saß. Er schaffte es noch nach Hause, aber kaum hatte er den Zündschlüssel abgezogen, ließ er mit einem Seufzer den Kopf gegen die Nackenstütze sinken und schlief ein.

Als er erwachte, dämmerte bereits der Morgen. In einer der Birken, die sich über dem Parkplatz erhoben, schmetterte das Amselmännchen sein Eheglück in die Welt hinaus, und auf der Kühlerhaube seines Wagens döste eine der vielen schwarz-weißen Katzen, die hier wild lebten. Als er ausstieg und die Tür zuschlug, rannte sie fauchend fort.

Jonin machte sich auf zur Bäckerei, um Frühstück zu kaufen. Das hatte er schon als Jugendlicher geliebt: Am Wochenende nach der Polizeistunde, wenn die Restaurants geschlossen wurden, die Nacht aber erst so richtig begann, mit den anderen Buben des Dorfs ans Fenster der Backstube zu klopfen und Brötchen und Schokoladenstängel zu kaufen. Elvira, damals eine Frau im besten Alter, hatte das Fenster geöffnet, die Brötchen waren noch ofenwarm, die Schokolade hatte sie für die Buben extra im Tiefkühler aufbewahrt, damit sie nicht gleich schmolz, wenn die Stängel in den weichen Teig gebohrt wurden.

Es war kurz nach fünf. Die Sonne erreichte bereits die ersten Dachspitzen, während die Gasse noch in tiefem Blau lag. Kaum wahrnehmbar, wie vom Nachtschatten verschluckt, saßen zwei schlafende oder dösende Gestalten auf der Sitzbank vor dem Gasthof Liun. Lexi hatte den Kopf in Flos Nackenkuhle gelegt, Flos Hand hing wie leblos herab. Zwischen den Fingern steckte eine schwach glimmende Zigarette. Jonin fürchtete, er könnte sich verbrennen, und wollte schon zu ihnen hingehen, da hob sich die Hand in einer weit geschwungenen Bewegung zu Flos Mund – Jonin dachte an den Flug der Mauersegler –, Flo nahm einen Zug, und bevor die Hand wieder niedersinken konnte, stiegen auch Lexis Hände auf. Sie fassten Flos Arm und nötigten ihn sanft, horizontal weiterzugleiten, damit Lexi ebenfalls an der Zigarette ziehen konnte. Kurz blühte die Glut auf, dann ließ Flo den Stummel zu Boden fallen, und die Glut barst in zwei, drei kleinere Stücke, die schnell verglommen. Es war ein hübsches kleines, laszives Ballett, das damit endete, dass Lexis Fuß sich vorschob, bis die Sohle ihrer Flipflops die Kippe erreichte und sie unter die Bank schieben konnte, während Lexis Haupt weiterhin wie schlafend in Flos Achsel lag.

»Ach, so ist das also«, sagte sich Jonin und trat ans Backstubenfenster. Inzwischen war es natürlich Men, der öffnete.

»Was willst du um die Zeit hier?«

»Ein Brötchen und einen eisgekühlten Schokoladenstängel wie früher. Ist das nicht mehr Brauch?«

Men lachte.

»Nicht, seit ich hier Bäcker bin. Und unsere Schokolade hat Zimmertemperatur.«

Trotzdem schmeckte alles wie früher. Jonin spazierte fröstelnd wie damals die Gasse entlang und sog den Geruch der wilden Kamille ein, die in den Ritzen des Straßenpflasters spross, den Duft der Backstube und des Heus auf den Hängen.

Die Bank vor dem Liun war jetzt leer, Jonin sah hoch, ob in einem der Gastzimmer Licht brannte. Dann sah er Lexi und Flo aber an der Bushaltestelle stehen, schweigend, Hand in Hand und mit verschränkten Fingern. Sie blickten einander nicht an, sondern sahen den Schwalben nach, die ihre Jagd begonnen hatten und in alle Richtungen schossen.

Dann kam der Bus. Jonin grüßte den Fahrer – es war Bruno, einer seiner Jahrgänger. Etwas angespannt wartete er ab, ob Lexi mit einstieg, dann wollte er ihr wenigstens noch winken. Doch als der Bus anfuhr, stand sie noch immer da. Flo setzte sich ganz nach hinten, sah sie an und hob aufmunternd den Daumen. Auch Lexi sah in seine Richtung, sie reagierte aber nicht, sondern blieb reglos stehen, bis der Bus zwischen den Häusern verschwunden war, dann ging sie – nein, nicht, wie Jonin dachte, zum Laden, sondern in Richtung der Gärten.

Er hatte eigentlich denselben Weg, nahm aber einen Umweg, um sie nicht zu stören.

Zu Hause legte er sich gleich wieder ins Bett und schlief tief und traumlos, bis ihn Geklirr und Geklapper weckte. Noch im Halbschlaf schlurfte er in die Küche. Mengia war dabei, die Marmeladengläser zu sterilisieren.

»Ich hoffe, ich habe dich nicht geweckt«, sagte sie mit spöttischem Unterton.

Und als er sie umarmen wollte:

»Putz erst mal deine Zähne.«

Er duschte lange, denn mit dem Wasser berieselten ihn auch in bunter Unordnung allerhand Bilder und Erinnerungen dieser sonderbaren Woche. Erst als Mengia hereinsah und fragte:

»Bleibst du jetzt hier drin bis morgen früh, oder nimmst du einen Teller Polenta?«, stellte er den Hahn ab.

»Gern. Wie spät ist es denn?«

»Gleich zwei. Und was hast du eigentlich mit Hercule und Poirot angestellt?«

Nach dem Essen wollten sie sie besuchen.

Jonin hatte Mengia in groben Zügen erzählt, was sich in den letzten Tagen ereignet hatte, sie hatte schweigend zugehört. Er hatte auch erzählt, wie sie den Laden hergerichtet hatten, und dass Hercules und Poirots neuer Platz ihnen ungestörte Aussicht auf das Dorfleben von Pigna bot. Von so manchem wusste er allerdings selber noch nichts. Das Schaufenster, in dem die beiden Katzen wie ägyptische Statuen auf ihren Podesten saßen, war mit einem Bogen von goldenen Lettern beschriftet:

Zen-Katzen. Lass dich erleuchten.

Und entlang dem unteren Glasrand stand:

Setz dich Auge in Auge, meditiere, sieh dem Himmel ins Antlitz.

Wirklich saßen Gemeindeschreiber Corsin und Ramun, der Ziegenbauer, auf einer schmalen Bank ohne Lehne vor dem Schaufenster, Corsin mit seiner ewig gleichen durchgewetzten Jägerjoppe. Ramuns kariertes Hemd stand noch weiter offen, weil der voluminöse Bauch inzwischen einen Knopf abgesprengt hatte, und während er fasziniert die in sich gekehrten Katzen betrachtete, löffelte er ein Schälchen aus, das auf seinem Bauch balancierte.

Zudem parkte ein violetter Fiat Panda regelwidrig neben dem Brunnen, und bei einem Blick durch die offene Ladentür entdeckte Jonin eine ihm noch unbekannte Frau um die fünfzig mit Küchenschürze und halblangem dunklen Haar, das durch ein Haarband gebändigt wurde. Sie stand hinter einem immensen Kochtopf am Ladentisch und füllte Suppe in Schälchen, die regen Absatz fand, denn zahlreiche Dorfbewohner saßen auf Kisten oder standen herum, löffelten die Suppe und plauschten. In den Ecken standen Gefäße mit blühendem Holunder. Gian hatte im Namen der Gemeinde ein großes Glas mit kissenförmigen, leicht gepuderten grün-rot-weißen Bonbons schicken lassen, aus dem man sich bedienen durfte.

Dann rief jemand nach ihm, Lexi kam mit einem leeren Tablett aus Flurinas Haus und sprudelte gleich los.

»Wir geben Suppe aus, heute gratis. Hätten wir eine Bewilligung gebraucht? Dann tut es mir furchtbar leid. Ich habe gestern Mama angerufen und nur gesagt:

›Mama, zur Eröffnung kochst du dann fürs ganze Dorf eine deiner ayurvedischen Suppen, ja?‹

Und entweder hat sie sich wirklich verhört, wie sie behauptet, oder sie schwindelt und konnte einfach ihre Begeisterung nicht zähmen. Jedenfalls stand sie vor zwei Stunden mit dem Topf in der Tür und hat gefragt:

›Wo sind denn jetzt all die Leute?‹

Tristan ist los und hat sie aus den Häusern geklingelt. Du siehst, es hat super geklappt, auch wenn wir noch gar nichts zu eröffnen haben. Ihr nehmt natürlich auch eine Suppe, kommt rein. Ach, und hallo, ich bin Lexi.«

Überdreht reichte sie Mengia die Hand und zog sie mit sich, um ihre Mama vorzustellen. Sie hieß Nina und erklärte gleich stolz Aufbau und Philosophie ihrer Suppe und die Wirkung der einzelnen Kräuter und Gewürze. Während sie probierten, ließ Nina den Blick nicht von ihnen, und als Jonin höflich sagte: »Jetzt weiß ich, woher Lexi ihre Kochkünste hat«, lachte sie geschmeichelt. Jonin fuhr fort:

»Ist der violette Fiat übrigens Ihrer? Wenn Sie mir den Schlüssel geben, fahre ich ihn aus dem Parkverbot.«

Der Schlüssel steckte, aber Jonin wurde von Tristan aufgehalten. Peider, der Hufschmied, war mit dem Kranwagen gekommen, um die Tiefkühlwand zu entsorgen, und sie brauchten Hilfe. Fast alle versammelten Männer packten mit an, und nach einer Viertelstunde war der Keller geräumt, nur eine Bratpfanne lag noch in einer Ecke auf dem Schotter. Jonin gab sie Peider mit und bat:

»Entsorg die gleich mit.«

»Bist du verrückt? Die ist wie neu, das ist nur ein bisschen Flugrost oder Farbe.«

Peider ließ die Pfanne oben auf den Ladentisch, von dort

trug Jonin sie ins Hinterzimmer und versteckte sie hinter ein paar Kisten.

Dann parkte er den Wagen um. Als er wieder die Gasse hochkam, saß Lexi bleich auf dem Brunnen und starrte mit geweiteten Augen ins Leere.

»Was ist passiert? Du warst doch eben noch so fröhlich?«

»Iris kommt. Sie hat gerade angerufen:

›Überraschung! Ich sitze im Bus nach Pigna!‹«

»Was ist das Problem? Flo?«

»Nein, Flo und ich sind getrennt, er hat es verstanden.«

»Aber dann ist es doch schön, wenn sie kommt.«

»Schön? Meine Mama ist hier! Tristan ist hier! Die wissen von nichts.«

»Natürlich, und als deine Halbschwester kannst du Iris schlecht ausgeben.«

Jonin hatte gehofft, mit einem Scherz ihre Laune zu heben, aber Lexi fauchte nur.

»Wenn ich ihnen Iris vorstelle, werden sie nur sagen:

›Ja, und was ist mit Flo?‹

Meine Eltern mochten Flo total gern, Tristan auf seine Art auch. Und jetzt steht da stattdessen ein rothaariges Fräuleinwunder und erklärt:

›Eure Tochter ist eine Lesbe.‹

Dabei bin ich gar keine Lesbe!«

»Was bist du denn?«

»Nichts! Lexi eben! Ich bin noch genau die Gleiche.«

Jonin verstand nicht.

»Ja, aber dann ist doch alles gut.«

Der Kleinbus bog in die Gasse ein und fuhr im Schritttempo übers Kopfsteinpflaster. Lexi erhob sich vom Brunnenrand und ging die paar Schritte zur Haltestelle, dann verdeckte sie der Bus. Als er weiterfuhr, sah Jonin, wie sie einen rothaarigen Lockenkopf in Jeans und ärmellosem T-Shirt umarmt hielt und womöglich weinte, denn ihre Schultern zuckten.

Jonin ging wieder hinein und holte Mengia aus einem Gespräch mit Rut, der Dirigentin, damit sie kurz den Suppenausschank übernahm. Dann nahm er Nina beiseite.

»Ihr Auto steht fünfzig Meter weiter auf dem Parkplatz. Aber was ich eigentlich sagen möchte, ist: Wir haben auch zwei Kinder, zwei Buben. Jetzt sind sie erwachsen. Als sie größer wurden, war etwas vom Schwierigsten, wenn eine Liebesbeziehung in die Brüche ging und wir von einer ihrer Freundinnen Abschied nehmen mussten, die uns manchmal sehr ans Herz gewachsen war.«

»Ja, wirklich?«

Nina schien sich zu fragen, ob er sie allen Ernstes vom Ausschank weggeholt hatte, nur um Small Talk zu betreiben. Über ihre Schulter hinweg sah Jonin, dass Lexi und Iris noch immer eng umarmt an der Haltestelle standen.

»Weißt du, Jonin – ich darf dich doch duzen, ja? Weißt du, das Problem kennen wir so gar nicht. Tristan hatte, soweit ich weiß, noch überhaupt nichts Ernsthaftes, und Lexi war schon immer mit Flo zusammen.«

»Dann kommt eine neue Erfahrung auf euch zu. Darauf wollte ich dich vorbereiten.«

Nina schluckte leer.

»Oh. Okay. Wer ist es, Tristan?«

»Nein, Lexi.«

»Lexi! Lexi hat einen neuen … Himmel, doch nicht etwa dich?«

Jonin lachte schallend.

»Nein, so schlimm bin ich nicht. Sie wird es dir schon selber erzählen. Sie hat nur furchtbare Angst davor, weil sie weiß, wie sehr ihr an Flo hängt.«

Inzwischen gingen Lexi und Iris umschlungen die Giassa

Maistra hinab, vielleicht wollte Lexi einmal mehr zu den Gärten.

Nina war blass geworden.

»Ich habe schon gefühlt, dass etwas im Busch ist. Hat Flo Mist gebaut? Hat er eine Neue?«

»Das wird sie dir selber erzählen. Ich wollte dir nur die Möglichkeit geben, dich zu wappnen. Ich weiß aber, dass sie eigentlich sehr glücklich ist.«

»Das hat sie dir gesagt?«

»Das sieht man.«

»Ja, das stimmt. Ich dachte, es ist wegen dem Laden.«

»Ich glaube, es ist das ganze Paket.«

Nachdenklich übernahm Nina wieder den Ausschank. Tristan war noch immer mit Peider unterwegs.

»Gehen wir Gelee kochen?«

»Ja, kochen wir Gelee.«

Mengia hakte bei ihm unter. Auf dem Weg nach Hause erzählte sie von den Enkelkindern und von Andreas Kleiderboutique, und irgendwie kamen sie auf Hercule und Poirot zu sprechen, Mengia mochte ihren neuen Platz.

Im Hauseingang, bevor sie die Schuhe auszogen, küssten sie sich, dann erst fragte Jonin:

»Und von mir willst du überhaupt nichts hören?«

»Ich denke, ich habe alles gesehen. Vergiss nicht, die Schale abzuraspeln, bevor du die Zitronen auspresst, die frieren wir in Portionen ein. Ich habe extra Bio-Zitronen genommen.«

Sie füllten gerade das Gelee in die Gläser, als Corsin anrief.

»Jonin, dein Typ wird verlangt. In der neuen alten Butia.«

»Habe ich denn nie frei?«

»Es ist Freitag um vier, warum solltest du freihaben?«

Als er zum Laden kam, saß Flurina vor den Katzen und schnitt ihnen Grimassen. Die Menge hatte sich verlaufen, nur Corsin stand noch mit Elvira beim Eingang, diskutierte, ob das Schild *Butia* einst grün oder braun gewesen war. Jetzt jedenfalls war es schwarz, wie das Schaufenster mit goldenen Lettern.

Da es Jonin nicht gelang, ihn zu unterbrechen, trat er ein. Der Ladentisch war inzwischen freigeräumt, darum herum saßen – jetzt auf den Stühlen aus der Wohnung – Lexi mit Iris an ihrer Seite und Nina und Tristan gegenüber. Iris hatte Sommersprossen und den blassen Teint vieler Rothaariger, sie war breitschultrig wie eine Schwimmerin und trug keinerlei sichtbaren Schmuck. Sie unterhielt sich sehr lebhaft mit Nina und Tristan über den ihrer Ansicht nach völlig veralteten Begriff ›Karriere‹, während Lexi benommen lächelnd zuhörte und manchmal Iris' Arm berührte, als müsste sie sich vergewissern, dass sie echt war. Jonin blieb in der Tür stehen, weil er fürchtete zu stören.

»Entschuldigt, aber Corsin hat gesagt, ich werde hier gebraucht.«

Lexi kam zu ihm.

»Gebraucht nicht, aber Flurina hat erzählt, dass Rosa auf dem Weg hierher ist. Und rate, wen sie mitbringt: Niki!«

»Das ist ja interessant. Und wie geht es dir?«

»Gut. Ich fühle mich wie besoffen, aber gut. Mama hat völlig cool reagiert.«

»Und Tristan?«

»Hat gemeint, eine lesbische Schwester werte ihn voll auf.« Sie grinste.

Tristan hatte inzwischen einen weiteren Stuhl organisiert, damit Jonin sich zu ihnen setzen konnte, doch da fuhr schon Rosa vor, parkte vor Flurinas Haus und half Lene auszusteigen. Lene ließ sich noch die Tasche reichen, dann winkte sie Lexi zu und schlurfte unsicher, aber stolz und aufrecht zum Brunnen, um sich auf den Rand zu setzen.

Lexi setzte sich neben sie.

»Wie oft habe ich nicht hier gesessen!«

»Ich bin auch oft hier.«

Lene fasste in die Tasche und reichte Lexi den sauber gefalteten Kittel.

»Den hast du bei mir vergessen. Und dies hier war für Anna Tina bestimmt, es kam aber nicht mehr dazu.«

»Dies hier« war eine Omega-Damenuhr mit silbernem Armband, die Lene Lexi in den Schoß legte.

»Du musst sie täglich aufziehen.«

»Die ist für mich?«

»Du kannst sie auch weiterverschenken. Irgendwann in den nächsten Tagen bringt mein Neffe noch die Kiste mit unseren Tanzkostümen, die sind immer noch bei ihm im Stall.«

Lexis Augen leuchteten.

»Danke tausendmal. Aber am allermeisten würde es mich freuen, wenn du deine Medikamente wieder nimmst.«

»Das ist Privatsache, mein Kind.«

Dann ging Lexi in den Laden, um ihr Iris vorzustellen, Jonin leistete Lene solange Gesellschaft.

»Duonna Lene, darf ich noch etwas fragen? Gestern kam ich nicht mehr dazu.«

»Ich hatte gehofft, wir hätten das Thema ein für alle Mal abgeschlossen.«

»Haben wir auch. Ich möchte nur hören, ob Sie trotz allem ein gutes Leben hatten.«

Lene lachte tonlos.

»Was bitte ist ein gutes Leben? Jedenfalls ist es nicht so, dass ich fünfzig Jahre nur gelitten hätte. Ja, ich habe nie wieder geliebt wie damals. Ist das nun ein Glück oder ein Schaden? Ich habe zwei Hotels geleitet, ich war erfolgreich und wurde hofiert. Soll ich darauf stolz sein? In die Stille des Piz d'Urezza zurückgezogen habe ich mich erst vor ein paar Jahren, nachdem ich einen Film über Mahatma Gandhi gesehen hatte. Das ist so kitschig, dass ich es kaum jemandem verrate. Auch Anna Tina scheint übrigens ihr Leben genossen zu haben. Aus dem, was sie mir, immer durch die Blume, übermittelt hat, schloss ich – oder phantasierte mir zusammen –, dass sie Gouvernante bei einem Diplomatenehepaar war, es von Einsatzort zu Einsatzort begleitete und seine Kinder großgezogen hat. Sie nahm auf die Kassetten etwa Meeresrauschen auf oder eine schrecklich laute Großstadt mit Autohupen, die klangen wie Tröten, vielleicht in Afrika oder Indien.«

Sie wurden durch Lexi unterbrochen, die ihr mit rotem Kopf Iris vorstellen wollte. Lene war nicht gerade herzlich, sie schüttelte Iris nur markig die Hand, dann bat sie Lexi, ihr ins Auto zu helfen. Sie wollte dort auf Rosa warten, die mit Flurina hoch zu Theo gegangen war.

Jonin war mit Iris allein.

»Sie sind also dieser Polizist.«

Sie musterte ihn mit der Gelassenheit eines reifen Menschen, dabei konnte sie kaum älter als Lexi sein. Ihr Mund verzog sich zu einem Lächeln, das eine ganze Anzahl Fältchen um ihre Mundwinkel schuf.

Er nickte.

»Hier oben duzt man sich übrigens, ich heiße Jonin.«

»Iris.«

»Und was arbeitest du, Iris?«

»Ich bin Krankenschwester, aber ich habe auch eine Ausbildung als Masseurin.«

Das waren in Pigna willkommene Qualifikationen. Doch Jonin kam nicht dazu, es auszusprechen, weil Iris gleich weitersprach.

»Lexi sagt, du hast auch zwei Berufe, du warst erst Schulwart, aber die Schule wurde geschlossen. Ist das richtig?«

»Ja.«

»Könnten wir in der Schule Workshops abhalten?«

Ihre Zielgerichtetheit gefiel ihm.

»Warum nicht? Kommt drauf an, worin.«

»Unsere Ausrichtung hängt davon ab, wie viele Fremdenzimmer es in Pigna gibt. Für Tantrakurse würde ich nicht mehr als vier Paare nehmen wollen, klassisches Yoga dagegen geht auch mit zwanzig Nasen.«

Lexi kam zurück und legte den Arm um Iris' Schulter.

»Pass auf, Jonin. Bevor du dich versiehst, hat sie dich engagiert oder dir was angedreht. Man kann bei ihr einfach nicht Nein sagen.«

Iris' Augen verengten sich zum Hauch eines Lächelns.

»*Du* konntest nicht Nein sagen.«

Das erinnerte Jonin, warum auch immer, an Mengia, die wohl bereits zu Abend kochte, und darüber wiederum fiel ihm die Bratpfanne ein.

»Lexi, ich habe bei euch eine Bratpfanne gesehen, die ich kaufen möchte.«

»Du machst Witze, Jonin, du kaufst überhaupt nichts! Nimm sie einfach mit.«

Das tat er auch gleich, verabschiedete sich von Nina und bat Hercule und Poirot um Verzeihung, dass er sie so lieblos weitergereicht hatte. Dann ging er pfeifend heim zu seiner Frau – auf einem kleinen Umweg über den Werkhof, um die Pfanne im Alteisen zu entsorgen.

Er würde Mengia von hinten umarmen, wenn sie am Herd stand. Er würde sie ausziehen.

»Was ist in dich gefahren?«, würde sie kichern.

Er würde ihr ins Ohr hauchen:

»Ich bin zu Hause zwischen Tag und Traum.«

»Sagt wer?«

»Sagt Rilke.«